不怕人生的转弯

林清玄 著

走遍世界，也不过是为了找到一条走回内心的路。

湖南文艺出版社
HUNAN LITERATURE AND ART PUBLISHING HOUSE

博集天卷
CS-BOOKY

图书在版编目（CIP）数据

不怕人生的转弯 / 林清玄著 . —长沙：湖南文艺出版社，2016.5
ISBN 978-7-5404-7502-4

Ⅰ .①不… Ⅱ .①林… Ⅲ .①散文集—中国—当代 Ⅳ .① I267

中国版本图书馆 CIP 数据核字（2016）第 047413 号

上架建议：名家经典 | 散文

BU PA RENSHENG DE ZHUANWAN
不怕人生的转弯

作　　者：林清玄
出 版 人：刘清华
责任编辑：薛　健　刘诗哲
监　　制：赵　萌　刘　霁
特约策划：谢晓梅
版权支持：文赛峰
营销编辑：杨　帆
封面设计：利　锐　Sysy Hu
封面摄影：Sysy Hu
版式设计：李　洁
内文插画：张小雨
出版发行：湖南文艺出版社
　　　　　（长沙市雨花区东二环一段 508 号　邮编：410014）
网　　址：www.hnwy.net
印　　刷：天津联城印刷有限公司
经　　销：新华书店
开　　本：880mm×1270mm 1/32
字　　数：188 千字
印　　张：8.5
版　　次：2016 年 5 月第 1 版
印　　次：2019 年 2 月第 4 次印刷
书　　号：ISBN 978-7-5404-7502-4
定　　价：38.00 元

质量监督电话：010-59096394
团购电话：010-59320018

　　有一次我到成都去演讲，要上台的时候，遇到一个女生，长得很漂亮，跑过来拉我的袖子，塞给我一封粉红色的信，我的心怦怦直跳，这应该是一封情书吧。回到饭店一看，她说："我从小读你的文章，非常敬仰你，没想到今天看到你，很像周星驰电影里的'火云邪神'，真是相见不如怀念啊。"我在饭店里给她回了一封信，我说相见也美，怀念也美，你长什么样子一点都不重要，重要的是你的头皮里面的东西，如果你有东西，你就可以活得很开心，你就可以活得很自在，活得很有智慧。

　　我们家有十八个兄弟姐妹，大家都觉得不可思议，怎么我爸爸妈妈那么会生。不是我爸爸妈妈那么会生，我的父亲有两个哥哥，在日据时代，同时被调去作战，他们那时候已经生了十三个小孩。去作战以后，三个兄弟只有我父亲回来。后来他又生了五个小孩，所以变成十八个小孩。

　　我小的时候，印象最深刻的事情是，从来没有一天吃饱过，每次要吃饭的时候，我父亲就会拿出十八个碗，形状都不一样，因为乡下人没有整套的碗，每一个碗里面添了一点点食物，添完了以后，他就会用很庄严的声音说："来，大家来吃饭。"端起饭来吃，那种心情都觉得很庄严。但是我们端起饭来不会马上吃，吐一口痰进去拌一拌，这样才可以安心吃，不然你头一转回来饭就少一口了，因为哥哥姐姐他们也从来都吃不饱，都是盯着别人的饭碗在看，我是生长在这样的环境。

我有三个小孩，他们看到蟑螂都会同时跳起来逃走，我就会跟他们讲，我们小时候抓到蟑螂，穿成一串，烤一烤，就吃下去，因为没有蛋白质，只好吃蟑螂。但是现在各位不要学，现在的蟑螂很脏，都是爬垃圾桶，你要知道乡下很穷的人，没有垃圾桶，所有的垃圾都用到化掉为止，所以蟑螂都是吃地瓜、甘蔗、芋头、玉米这些很好的东西长大的，烤一烤，剥开来闻一闻，还有牛奶的味道。

你的环境并不能决定你的未来，你的过程也不能决定你的未来，而是你的心的向往决定了你的未来。我小时候那么穷，可是我八岁的时候就立志将来要当一个成功的、杰出的、伟大的作家。自己每天鼓舞自己。有一天我的父亲说："十二啊，你长大以后要干什么？"我说我长大以后要当作家，写文章给人家看，他说："作家是干什么的？"我说作家就是坐下来，写一写字寄出去，人家就会寄钱来。我爸爸很生气，当场给我一巴掌："傻孩子，这个世界上哪有那么好的事情，如果有那么好的事情，我自己就先去干了，不会轮到你!"

在我居住的地方，三百年来没有出现过一个作家，一个小孩子突然想要当作家，这是很奇特的事情，没有人相信，也没有人认为可以成功。唯一了解我的就是我的母亲。我的母亲一直相信我长大会变成一个作家，所以她很关心我的写作事业，我在小的时候，经常蹲在我们拜祖先的桌子前面写作，因为我们家只有一张桌子，我的妈妈不时会倒水进来给我，然后问我："我看你整天都在写，你是在写辛酸的故事，还是在写趣味的故事？"我说辛酸的写一点，趣味的也写一点。我的妈妈就说："辛酸的少写一点，趣味的多写一点，人家要来读你的文章，是希望在你的文章里面得到启发，得到安慰，得到智慧，而不是读了你的文章以后立刻跑到窗口跳下去，那这个文章就没有意义。"我就问她那如果碰到辛酸的事情怎么办，我妈妈说："碰到辛酸的事情，棉被盖起来哭一哭就好了。"这个影响了我后来的写作，我写的都是非常优美的文章，所以读我的文章没有负担，而且不会让你变坏。

另外一个梦想，就是希望长大以后去环游世界，大人也觉得不可能，因为连到隔壁村庄的车票钱都没有。有一天我考试得了第一名，老师送给我一本世界地图，那一天很不幸的是冬天，轮到我给家里的人烧热水洗澡，我们家是用很大的锅炉烧热水洗澡，我就蹲在那锅炉前面，一边烧水一边看世界地图。一打开，是埃及的地图，长大以后一定要去埃及，埃及有尼罗河，有亚斯文水坝，有金字塔，有人面狮身，多么浪漫的地方，最重要的是还有美丽的埃及艳后，长大以后一定要去埃及。正在沉醉的时候，突然听到一个人打开浴室的门冲了出来，是我的爸爸，身上只披了一条毛巾："你在干什么？"我说我在看地图。"看什么地图？"我说看埃及的地图，他就走过来给我一巴掌："火都熄了看什么地图！"还踢我一脚，把我踢到火炉旁边，说："继续生火。"然后就转头走回浴室，走到浴室的时候就转过身来，跟我说："我用我的生命向你保证，你这辈子绝对不可能去到那么远的地方。"我一边烧火一边流眼泪，我的生命不要被保证，我对自己说，我的生命不可以被保证，即使是我的父亲也不行，我长大以后一定要去埃及。

各位猜猜看，我在二十几岁的时候离开台湾，第一个去的地方是哪里？埃及。当我要去埃及的时候，我的朋友都问我："你干吗去埃及啊？"我说因为我的生命不要被保证，所以我要去埃及。我就自己跑到埃及去旅行了三个月，有一天跑到金字塔前面，写明信片给我的爸爸："亲爱的爸爸，记得小时候，你打我一巴掌，踢我一脚，保证我这辈子绝对不可能来到这么远的地方，现在我就坐在埃及的金字塔下面给你写明信片。"看着夕阳，看着夕阳前面的骆驼，眼泪就啪嗒啪嗒地掉下来。写了这个明信片寄回台湾，听我妈妈的转述，爸爸一边看明信片一边说："这是哪一巴掌打的？打到埃及去了。"

第三个愿望，我希望找到一个身心灵都相契的伴侣，来做自己的妻子。为什么会有这样的想法，因为我在初中一年级的时候，有一天跟着七个同学一起跑到戏院去，看一部叫作《罗马假日》的电影，演女主角的演员叫奥黛丽·赫本，长得真美，又优雅、又有气质、又脱俗。我们看完电影以后，八个人站在戏院前面，手牵手发誓，将来一定要娶一个"奥黛丽·赫本"做妻子，如果娶不到"奥黛丽·赫本"，就誓不为人。几十年以后，我们在乡下举办一个同学会，大家都带自己的太太来参加，饭吃到一半，我站起来，放眼望去，只有一个人的太太长得像奥黛丽·赫本，就是我太太。所以在人生最早萌芽的时候，你的坚持是非常重要的，这种坚持可以决定你的方向，决定你要往什么地方走。

你很贫穷，没关系，穷人有很多宝藏是有钱人没有的。第一个穷人的宝藏：每一天都睡得着。这个世界上很多的有钱人，晚上要吃安眠药才睡得着，可是我们家里以前实在太穷了，连在泥土地上、木板上都睡得着，现在有床睡，当然躺下去就睡着了。第二个每一餐饭都吃得下，小时候什么都吃，连蟑螂都吃，现在还有什么可挑剔的？什么都吃得下。第三个是不怕人生的转弯，你从那个非常穷的环境出来，像我现在，做一个人生的选择的时候，我都会想，大不了我就回到十四岁那年，背着一个布袋，里面放着一个玻璃瓶，离开家乡。第四个非常重要的穷人的宝藏，就是处处无家处处家，你看起来好像没有地方可以住，其实到处都是你的家。有时候我喜欢爬山，爬到山顶从山上看下来，看到台北最繁华的地方，屹立的大楼，很多百货公司，我就很感慨，有钱人的家乡在哪里，有钱人的家乡在百货公司，在超级豪宅，在大楼里面；穷人的家乡在哪里，穷人的家乡在天空，在远方，在森林，在河海交界的地方。你没有什么可畏惧的。

自从我立志要当作家，我就每天在街上乱走，看看有什么好的东西、好的题材可以写。有一天我走到一个村庄，看到一个小孩子蹲在围墙旁边，脸上露出非常幸福而神秘的微笑。跑去看看，结果发现，他旁边摆了一个汽水的空罐子，他坐在那里打嗝，一边打一边微笑，打嗝竟然是这么幸福的事情，我从小都没有喝汽水喝到打嗝的经验。我就站在那个小孩子的前面，发誓这辈子一定要喝汽水喝到打嗝，如果没有喝汽水喝到打嗝就誓不为人。过了一年，有机会了，因为我一个远房的亲戚要结婚，借我们家的晒谷场宴客，果然送来了一卡车的汽水。我蹑手蹑脚地跑到那个堆汽水的地方，提了两瓶大瓶的汽水跑到家里的茅房躲起来，把门拴住，用牙齿把汽水的盖子咬开，一口气就灌完七百五十毫升的汽水，坐在那里准备打嗝，严重的事情发生了，我不但没有打嗝，还放了三个屁。到底要喝多少才会打嗝？不知道。第二瓶再拿起来，喝完了，肚子胀得很大，好像怀孕九个月一样，等了半天有消息了，肚子咕噜咕噜响，突然一口气从肚子里面升上来，打了一个嗝，原来打嗝的滋味是这么美好。接下来我打了很多嗝，每深呼吸一次就打一个嗝，这时候我才发现茅房的味道挺不错的。打开门发现阳光普照，人生多么美好。后来我写的这篇文章叫作《幸福的开关》，幸福的开关并不是你拥有很多的财宝，幸福的开关是你要打开心里那个通往幸福的状态。你一打开，即使非常微小的事情，你都可以感到幸福，你一打开，即使人生遭遇了非常大的挫败，你也可以感觉到幸福。

林清玄

目 录
CONTENTS

温一壶月光下酒

CONTENTS

幸
福
的
开
关

觉
醒
的
滋
味

CONTENTS

活在苦中，也活在乐里；活在盛放，也活在凋零；

活在烦恼，也活在智慧；活在不安，也活在止息。

这是面对苦难的生命最好的方法。

温一壶月光下酒

温一壶月光下酒

逃情

　　幼年时在老家的西厢房，姊姊为我讲东坡词。有一回讲到《定风波》中"一蓑烟雨任平生"这个句子，我吃了一惊，仿佛见到一个拄着竹杖、穿着芒鞋的老人在江湖道上踽踽独行，他身前身后都是烟雨弥漫，一条长路连到远天去。

　　"他为什么这样？"我问。

　　"他什么都不要了。"姊姊说，"所以到后来有'回首向来萧瑟处，归去，也无风雨也无晴'之句。"

　　"这样未免太寂寞了，他应该带一壶酒、一份爱、一腔热血。"

　　"在烟中腾云过了，在雨里行走过了，什么都过了，还能如何？所谓'来往烟波非定居，生涯蓑笠外无余'，生命的事一旦经过了，再热烈也是平常。"

年纪稍长，我才知道"竹杖芒鞋轻胜马，谁怕？一蓑烟雨任平生"的境界并不容易达致，因为生命中真是有不少不可逃、不可抛的东西。名利倒还在其次，至少像一壶酒、一份爱、一腔热血等都是不易逃的，尤其是情爱。

记得有一个日本小说家曾写过一个故事：传说有一个仙人叫久米，在尘世里颇为情所苦。为了逃情，他入山苦修成道。一天，久米仙人腾云游经某地，看见一个浣纱女足胫甚白。他为之目眩神驰，凡念顿生，飘忽之间，已经自云头跌下。

可见，逃情并不是苦修就可以达到的。

我觉得逃情必须是一时兴到，妙手偶得，如写诗一样，也和酒趣一样，狂吟浪醉之际，诗涌如浆。此时大可以用烈酒热冷梦，一时彻悟。倘若苦苦修炼，可能达到"好梦才成又断，春寒似有还无"的境界，但此境界离逃情尚远，因此，久米仙人一见到"粗服乱头，不掩国色"的浣纱女就坠落云头了。

前年冬天，我遭到情感的大创痛，曾避居花莲逃情，繁星冷月之际，与和尚们谈起尘世的情爱之苦，谈到凄凉处连和尚都泪不能禁。

如果有人问我："世间情是何物？"

我会答曰："不可逃之物。"

连冰冷的石头相碰都会撞出火来，每个石头中事实上都有火种，可见再冰冷的事物也有感性的质地，情何以逃呢？

情仿佛是一个大盆，再善游的鱼也不能游出盆中；人纵使能相忘于江湖，情却是比江湖更大的。

我想，逃情最有效的方法可能是更勇敢地去爱，因为情可以病，也可以治病。假如看遍了天下足胫，浣纱女再国色天香也无可如何了。情者堂堂巍巍，壁立千仞，从低处看仰不见顶，自高处观俯不见底，令人不寒而栗，但是如果在千仞上多走几遭，就没有那么可怖了。

理学家程明道曾与弟弟程伊川共同赴友人宴席，席间友人召妓共饮，伊川正襟危坐，目不斜视，明道则毫不在乎，照吃照饮。宴后，伊川责明道不恭谨，明道先生答曰："目中有妓，心中无妓！"这是何等洒脱的胸襟，正是"云月是同，溪山各异"，是凡人所不能至的境界。

说到逃情，不只是逃人世的情爱，有时候心中有挂也是情牵。有一回，暖香吹月时节与友人在碧潭共醉，醉后扶上木兰舟，欲纵舟大饮。朋友说："也要楚天阔，也要大江流，也要望不见前后，才能对月再下酒。"他死拒不饮，这就是心中有挂，即使挂的是楚天大江，终不能无虑，不能万情皆忘。

以前读《词苑丛谈》，其中有一段故事：

后周末，汴京有一石氏开茶坊。有一个乞丐前来索饮，石氏的幼女敬而与之，如是者达一个月。有一天被父亲发现，打了她一顿，她非但不退缩，反而供奉益谨。乞丐对女孩说："你愿喝我的残茶吗？"女嫌之，乞丐把茶倒一部分在地上，满室生异香，于是，女孩喝掉剩下的残茶，一喝便觉神清体健。乞丐对女孩说："我就是吕仙，你虽然没有缘分喝尽我的残茶，但我还是让你求一个愿望。"女只求长寿，吕仙留下几句话："子午当餐日月精，玄关门户启还扃，长似此，过平生，且把阴阳仔细烹。"遂飘然而去。

这个故事让我体察到万情皆忘——"且把阴阳仔细烹"实在是神仙的境界。石姓少女已是人间罕有，还是忘不了长寿，忘不了嫌恶，可见情不但不可逃，也不可求。

越往前活，越觉得苏东坡"一蓑烟雨任平生""也无风雨也无晴"词意之不可得。想东坡也有"春色三分，二分尘土，一分流水。细看来，不是杨花，点点是离人泪"的情思，有"但愿人长久，千里共婵娟"的情愿，有"念故人老大，风流未减，空回首，烟波里"的情怨，也有"若待得君来向此，花前对酒不忍触。共粉泪，两簌簌"的情冷，可见，"一蓑烟雨任平生"只是他的向往。

情何以可逃呢？

煮雪

传说在北极的人因为天寒地冻，一开口说话就结成冰雪，对方听不见，只好回家慢慢地烤来听……

这是个极度浪漫的传说，想是多情的南方人编出来的。

可是，我们假设说话结冰是真有其事，做起来也是颇有困难的，试想：回家烤雪、煮雪的时候要用什么火呢？因为人的言谈是有情绪的，煮得太慢或太快都不足以表达说话时的情绪。

如果我生在北极，可能要为"煮"的问题烦恼半天。与性急的人交谈，回家要用大火；与性温的人交谈，回家要用文火；倘若与人吵架呢，回家一定要生个烈火，才能声闻当时"毕毕剥剥"的火暴声。

遇到谈情说爱的时候，回家就要仔细酿造当时的气氛。先用情诗情词裁冰，把它切成细细的碎片，加上一点酒来煮，那么，煮出来的话便能使人微醉。倘若情浓，则不可以用炉火，而要用烛火，再加一杯咖啡，才不会醉得太厉害，还能维持一丝清醒。

遇到不喜欢的人、不喜欢的话就好办了，把结成的冰随意弃置就可以了。爱听的话则可以煮一半，留一半，他日细细品尝。

住在北极的人真是太幸福了。但是幸福也不常驻，有时候天气太冷，火生不起来，会让人着急的，只好拿着冰雪用手慢慢让它融化，边融边听。遇到性急的人恐怕要用雪往墙上摔，摔得力小时听不见，摔得力大时则声震屋瓦，造成噪声。

我向往北极说话的浪漫世界，那是个宁静祥和又能自己制造生活的世界。在我们这个到处都是噪音的世界里，有时候，我会希望大家说出来的话都结成冰雪，回家如何处理是自家的事，谁也管不着。尤其是人多要开些无聊的会议时，可以把那个嘈杂的大雪球扔在家门前的阴沟里，让它永远见不到天日。

斯时斯地，煮雪恐怕要变成一种学问。生活经验丰富的人可以依据雪的大小、成色，专门帮人煮雪为生，因为要煮得恰到好处，煮得和说话时恰好一样，确实不易。年轻的恋人则可以去借别人的"情雪"，借别人的雪来浇自己心中的块垒。

如果失恋，等不到冰雪尽融的时候，就放一把大火把雪屋都烧了，烧成另一个春天。

温一壶月光下酒

　　煮雪如果真有其事，别的东西也可以留下。我们可以用一个空瓶把今夜的桂花香装起来，等桂花谢了，秋天过去了，再打开瓶盖，细细品尝。

　　把初恋的温馨用一个精致的琉璃盒子盛装，等到青春过尽、垂垂老矣的时候，掀开盒盖，扑面一股热流，足以使我们老怀堪慰。

　　这其中还有许多意想不到的情趣，譬如将月光装在酒壶里，用文火一起温来喝……此中有真意，乃是酒仙的境界。

　　有一次与朋友住在狮头山，每天黄昏时候在刻着"即心是佛"的大石头下开怀痛饮，常喝到月色满布才回到和尚庙睡觉，过着神仙一样的生活。最后一天我们都喝得有点醉了，携着酒壶下山，走到山下时顿觉胸中都是山香云气，酒气不知道跑到何方了，才知道喝酒原有这样的境界。

　　有时候抽象的事物也可以被我们感知，有时候实体的事物也能转眼化为无形，岁月当是明证。我们活着的时候真正感觉到自己是存在的，岁月的脚步一走过，转眼便如云烟无形，但是，这些消逝于无形的往事，却可以拿来下酒，酒后便会浮现出来。

　　喝酒是有哲学的。准备许多下酒菜，喝得杯盘狼藉是下乘的喝法；几粒花生米，一盘豆腐干，和三五好友天南海北地聊着喝是中乘的喝法；一个人独斟自酌，"举杯邀明月，对影成三人"，是上乘的喝法。

关于上乘的喝法，春天的时候可以面对满园怒放的杜鹃细饮五加皮；夏天的时候，在满树狂花中痛饮啤酒；秋日薄暮，用菊花煮竹叶青，人共海棠俱醉；冬寒时节则面对篱笆间的忍冬花，用蜡梅温一壶大曲。这种种，就到了无物不可下酒的境界。

当然，诗词也可以下酒。

俞文豹在《历代诗余引吹剑录》中谈到一个故事。苏东坡在玉堂①日，有一幕士善歌。东坡因问曰："我词何如柳七（即柳永）？"幕士对曰："柳郎中词，只合十七八女郎，执红牙板，歌'杨柳岸，晓风残月'。学士词，须关西大汉、铜琵琶、铁棹板，唱'大江东去'。"东坡为之绝倒。

这个故事也能引用到饮酒上来。喝淡酒时，宜读李清照；喝甜酒时，宜读柳永；喝烈酒时，则大歌东坡词。其他如辛弃疾，应饮高粱小口；读放翁，应大口喝大曲；读李后主，要用马祖老酒煮姜汁到煮出怨苦味时最好；至于陶渊明、李太白则浓淡皆宜，狂饮细品皆可。

喝纯酒自然有真味，但酒中别掺物事也自有情趣。范成大在《骖鸾录》里提到："番禺人作心字香，用素茉莉未开者，着净器，薄劈沉香，层层相间封，日一易，不待花萎，花过香成。"我想，做茉莉心香的法门也是掺酒的法门，有时不必直掺，斯能有纯酒的真味，也有纯酒所无的余香。我有一位朋友善做葡萄酒，酿酒时以秋天桂花围塞，酒成之际，桂香袅袅，直似天品。

我们读唐宋诗词，乃知饮酒不是容易的事。遥想李白当年斗酒诗百篇，气势如奔雷，作诗则如长鲸吸百川，可以知道这年头饮酒的人实在没有气魄。现代人饮酒讲格调，不讲诗酒，袁枚在《随园诗话》里提过杨诚斋的话："从来天分低拙之人，好谈格调，而不解风趣，何也？格调是空架子，有腔口易描；风趣专写性灵，非天才不办。"在秦楼酒馆饮酒作乐，这是格调，能把去年的月光温到今年才下酒，这是风趣，也是性灵，其中是有几分天赋的。

《维摩经》里有一段"天女散花"的记载。

菩萨为弟子讲经的时候，天女出现了，在菩萨与弟子之间遍撒鲜花。散布在菩萨身上的花全落在地上，散布在弟子身上的花却像黏藕那样粘在他们身上。弟子们不好意思，用神力想使花瓣掉落，但花瓣不掉落。仙女说："观诸菩萨花（原作"华"——编者注）不着者，已断一切分别想故。譬如，人畏时，非人得其便。如是弟子畏生死故，色、声、香、味、触得其便也。已离畏者，一切五欲皆无能为也。结习未尽，花着身耳；结习尽者，花不着也。"

这也是非关格调，而是性灵。佛家虽然讲究酒、色、财、气四大皆空，我却觉得，喝酒到极处，几可达佛家境界。试问，若能把浮名换作浅酌低唱，即使天女来散花也不能着身，荣辱皆忘，使前尘往事化成一缕轻烟，尽成因果，不正是佛家所谓苦修、深修的境界吗？

①玉堂是官署名，汉侍中有玉堂署，宋以后翰林院亦称玉堂。

生平一瓣香

你提到我们少年时代常坐在淡水河口看夕阳斜落，然后月亮自水面冉冉上升的景象。你说："我们常常边饮酒边赋歌，边看月亮从水面浮起，把月光与月影投射在河上，水的波浪常把月色拉长又挤扁。当时只是觉得有趣，甚至痴迷得醉了。没想到去国多年，有一次在密西西比河的水中观月，与我们的年少时光相叠。故国山川如水中之月、镜中之花，挤扁又拉长，最后连年轻的岁月也成为镜花水月了。"

这许多感怀，使你在密西西比河河畔动容落泪，我读了以后也是心有戚戚。才是一转眼间，我们竟已度过几次爱情的水月镜花，也度过不少挤扁又拉长的人世浮嚣了。

还记否？

当年我们在木栅的小木屋里临墙赋诗，我的木屋四壁萧然，写满了朋友们题的字句，而门上的匾额上写的是一首《困龙吟》。

　　有一天夜深，我在小灯下读钱锺书的《谈艺录》，窗外月光正照在小湖上，远听蛙鸣，我把书里的两段话用毛笔写在墙上：

　　水月镜花，固可见而不可捉，然必有此水而后月可印潭，有此镜而后花可映面。

　　体格声调，水与镜也；兴象风神，月与花也。必水澄镜朗，然后花月宛然。

　　那时我相当穷困，住在两坪大的只有一张书桌的小屋中。我所有的财产是满屋的书以及爱情，可是我是富足的。我推开窗子，一棵大榕树面窗而立，树下是植满了荷花的小湖，附近人家都是那么亲善。有时候，我为了送女友一串风铃到处告贷，以书果腹。你带酒和琴来，看到我的窘状，在我的门口写下两句话：月缺不改光，剑折不改刚。

　　在醉酒之后，我也曾高歌："我醉欲眠君且去，明朝有意抱琴来。"那时的我们，似乎穷到只要有一杯酒、一卷书，就满足地觉得江山有待了。后来我还在穷得付不出房租的时候，跳窗离开了那个木屋。

　　前些日子我路过那里，顺道转去看那间我连一个月三百元①的房租都缴不起的木屋。木屋变成了一幢高楼，大榕树魂魄不在，小湖也被盖成了公寓。

　　我站在那里怅望良久，竟然忘了自己身在何方，真像京戏《游园惊梦》里的人。

　　我于是想到，世事一场大梦，书香、酒魄、年轻的爱与梦想都离得远

①此指我国台湾地区流通的货币，下同。——编者注

了，真的是"镜花水月一场"，空留去思，可是重要的是一种响应。如果那镜清明，花即使谢了，也曾清楚地映照过；如果那水澄朗，月即使沉落了，也曾明白地留下波光。水与镜似乎都是永恒的事物，明显如胸中的块垒，那么，花与月虽有开谢升沉，都是一种可贵的步迹。

我们都知道"击石取火"是祖先的故事。本来是两个没有生命的石头，一碰撞却生出火来，因为石中本来就有火种——再冷酷的事物也有它感性的一面。不断地敲击就有不断的火光，得火实在不难，难的是，得了火后怎么使那微小的火种得以不灭。镜与花，水与月，本来也不相干，然而它们一相遇就生出短暂的美。

我们怎么样才能使那美得以永存呢？

只好靠我们的心了。

就在我正写信给你的时候，脑海中突然浮起两句古联："笼中剪羽，仰看百鸟之翔；侧畔沉舟，坐阅千帆之过。"

爱与生的美和苦恼不就是这样吗？

岁月的百鸟一只一只地从窗前飞过，生命的千帆一艘一艘地从眼中航去——许多飞航得远了，还有许多正从那些不可测知的角落里飞航过来。

记得你初到康涅狄格不久，曾经因为想喝一碗掺柠檬水的爱玉冰不可得而泪下，曾经因为在朋友处听到《雨夜花》的歌声而胸中翻滚。说穿了，那也是一种回应，一种掺和了乡愁和少年情怀的回应。

我知道，我再也不可能回到小木屋里去住了，我更知道，我们都再也回不到小木屋那种充满精纯的真情的岁月了。

　　这时节，我们要把握的便不再是花与月，而是水与镜，只要保有清澄朗净的水镜之心，我们还会有新开的花和初升的月亮。

　　有一首词我是背得烂熟了，是陈与义的《临江仙》：

　　忆昔午桥桥上饮，坐中多是豪英。长沟流月去无声，杏花疏影里，吹笛到天明。

　　二十余年成一梦，此身虽在堪惊。闲登小阁看新晴。古今多少事，渔唱起三更。

　　我一直觉得，在我们不可把捉的尘世的运命中，我们不要管无情的背弃，我们不要管苦痛的创痕，只要维持一瓣香，在长夜的孤灯下，可以从陋室里的胸中散发出来，也就够了。

　　连石头都可以撞出火来，其他的还有什么可畏惧呢？

深香默默

秋天一到，家屋前两株高大的桂花树，一转眼全盛开了。乳白色的小花一丛一丛地点缀在枝叶间，白日里由于阳光灿亮、枝丫茂盛，桂花隐藏着，很难被发现，一到夜晚，它便从叶片后面吐出了香气。

桂花的香味很清淡，但飘得很远。我每天回家，刚走到楼梯口就远远闻到那股淡淡的香气了，还常常飘到屋里来。桂花香是所有的花香中最好的香，它淡雅而深远，不像有的花香得浓烈而浮浅。

盛夏的时候，山下的七里香也开得丰富，那种香真是能飘扬七里外，可是只宜于远赏不适合近闻，距离一近就浓得呛鼻，香得人手足无措。还有，我家园子里有两株昙花，开放的时候也有香气，是一种淡淡的奶香，可惜只能凑近了闻，站开一步则渺无气息了。

只有桂花是远近皆宜，淡淡有余裕。

可能是桂花的这种特性，凡物一冠上"桂"字就美了三分。"桂林"

的山水是天下之冠；"桂竹"是所有竹子中最秀美的；"桂酒"是酒类中最香的；就连广西的"桂江"，想起来也是秀丽无匹；诗人的头上加了"桂冠"则是一种至高无上的荣誉。

仔细地想起来，中国人实在是个爱桂的民族。早在神话中的"吴刚伐桂"时期，桂树就已有了高大无伦、不能破坏的形象。《酉阳杂俎》里说："月中有桂树，高五百丈。"这棵桂树是有魂魄的，是伐不倒的。苏轼在词里曾为之赞叹："桂魄飞来光射处，冷浸一天秋碧。"唐朝诗人李德裕也写过"桂殿夜凉吹玉笙"的名句。

历史上还有两位皇帝是爱桂树的。汉武帝曾经造了一个宫殿，用了七宝床、杂宝案、厕宝屏风、列宝帐来装饰，这个宫殿和当时的明光殿、柏梁台齐名，名字就叫"桂宫"。后来，南朝的陈后主为他的爱妾张丽华也造过一个"桂宫"，摆设是"圆门如月，障以水晶，而庭中空洞无他物，惟植一株桂树"。我们可以想象那个宽广的、只植一株桂树的庭院的浪漫与美丽，即使陈后主没有什么治绩，光是这棵桂树，也能传承不朽了。

文学作品里以桂为名的也不少，宋朝词牌有"桂枝香"，清朝剧曲有《桂花霜》。诗人宋之问曾写下"桂子月中落，天香云外飘"的诗句，对桂花的香味可以说是一语道尽。

我是爱桂花的，常常把摇椅搬到庭院里看书。晚来的凉风一吹，桂花就开始放散它的魅力，终夜不息，颇有提神醒脑的功用。我常想，这也许就是宋之问当年闻到的"天香"，本不是人间应有的。

想到"天香"，我又记起几年前读过的一本古老的佛经——《维摩经》，里面提到一个菩萨的理想世界，名字就叫"众香国"。

这个"众香国"远在四十二恒河的沙佛土上，"其国香气，比于十方诸佛世界人天之香，最为第一"。原来在"众香国"里，是以香做楼阁，以香为地，苑园皆香，甚至菩萨们吃的饭也是香的。他们吃饭时散放出来的香气，可以周流十方无量世界。他们盛饭的用具也是香的，叫"众香钵"，所种的树当然也是香树了。生息在"众香国"的菩萨，甚至到了"毛孔皆出妙香"的地步。

由于长在那里的九百万菩萨的身上太香，当他们要到人间普度众生的时候，连佛也不得不告诫他们："摄汝身香，无令彼诸众生起惑着心。又当舍汝本形，勿使彼国求菩萨者，而自鄙耻。又汝于彼莫怀轻贱，而作碍想。"

香气太盛而有碍普度众生，实在是不可思议的事。

"众香国"是一个佛经里的浪漫传说，它无处不至的"天香"是人间所不可能的。我想，人间也不必有，人间虽有生苦、有老苦、有病苦、有死苦、有爱别苦、有怨憎苦、有所求不得苦、有五阴盛苦、有失去荣乐苦等诸苦，可是到底有苦有乐，有臭有香，是一个多姿多彩的世界。如果连屎尿、脓血、涕、唾都是香的，日子便也没有过下去的意思了。

我的信念是，我们应该有肯定世间一切臭的污秽事物的气魄，因为再腐败的土地也会开出最美丽的莲花。如果莲花不出于污泥，而长在遍地天香的土地上，它的美丽也不会那么珍贵。

我并不希望人世间都是庄严美丽的，也不期待能生活在众香国度。我只想渴的时候有一口水喝，夜读的时候，有沉默清雅的桂花深香默默地飘来，就够了。

如意

　　从前在寺庙里看过一尊文殊师利菩萨，白玉雕成，晶莹剔透，相貌庄严中有一种温柔安详之美，连他坐的青狮子都是温柔地蹲踞着。

　　更引人注意的是，他手里拿着一个巨大的如意，从左肩到右膝，巨大地横过胸前。我从小就喜欢如意的样子。每看到如意，都让我想起天上的两朵云被一条红丝线系着，不管云如何飞跑，总不会在天空中失散。

　　所以，当我看到文殊菩萨手里拿着巨大的如意时，心里起了一些迷思。文殊菩萨是象征智慧的菩萨，他通常是右手持宝剑，表示要斩断烦恼；左手拿青莲，象征智德不受污染。为什么这尊文殊却拿一个这样大的如意呢？

　　如果从名字来看，文殊是妙的意思，师利是吉祥的意思，因此，文殊师利也是"妙吉祥"的意思，那么，他手持如意也就没什么可怪的了。

　　这是我从前的看法，几年以后，我才悟到文殊手里为什么要拿如意。虽然经论上说如意是心的表相，所有的菩萨都可以拿它，但是，手拿智慧之剑、主司智慧的文殊菩萨，手里拿着如意就有很深刻的象征意义了。

它象征着唯有有智慧的人，才能如意！

它象征着智慧才是使我们事事如意的法宝！

它象征着唯有智慧，才能使我们妙吉祥！

这是多么伟大的启示！一般人总是要求生活里事事如意，事事顺随我们的意念与期待完成。可是，在现世里，事事如意竟是不可能完成的志业。人类有历史以来，就很少有人能依照自己的意念去生活，即使贵如帝王，也有许多不能如意的苦恼。那是因为我们通常把如不如意看成事物所呈现的样貌，而忘记了如意"盖心之表也"，如意是心与外在事物对应的状态。

我们从世俗的眼光来看，如意本来的名字就叫"搔杖"，是古人用来搔背痒的工具。因为它可以依人的意思搔到双手搔不到的地方，所以叫作如意。"搔杖"是鄙俗的，"如意"便好听得多，由于它的造型特殊，竟发展成吉祥的象征。古代帝王，常常把最好的玉刻成如意，逐渐使如意远离了搔杖，成为中国最高高在上的艺术品。

其实，如意原是如此，当我们的智慧开启的时候，往往能搔到手掌不能触及的黑暗的痒处；当我们有了智慧，就能如如不动地以平常心去对待一切顺逆困厄，然后才能事事如意。

原来事事如意不是一种追求，而是一种反观。因为，如意的"意"字，不在外面，而在里面，是一切生活乃至生命的意念之反射，我们如果能坦然面对生活，时常保持意念的清净，事事如意才是可能的。

对意念的反观，不仅是如意的完成，也是最基本的修行。这使我们想到达摩祖师的"大乘入道四行"，他指出进入大乘道的四种修行，一是报冤行，二是随缘行，三是无所求行，四是称法行。

"报冤行"就是当我们受苦的时候，意念上要想这是我无数劫来因无明所造的冤憎。现在这些恶业成熟了，我要甘心忍受，不起冤诉，这样就能"逢苦不忧"。

"随缘行"就是遇到什么胜报荣誉的事，要知道这只是因缘，是因为过去种了好的因，今天才得了好报，因缘尽了就没有了，有什么好欢喜呢？这样想就能"得失从缘，心无增减，喜风不动，冥顺于道"。

"无所求行"就是"世人长迷，处处贪着，名之为求。智者悟真，理将俗反（一作"及"——编者注），安心无为，形随运转"。因为了达万有都是空性，所以能舍弃诸有，息想无求，这样就能"有求皆苦，无求乃乐"。

"称法行"就是把性净之理，目之为法，知道自性清净，不受染着、没有分别，信解这个道理去做就是称法行。当我们了达自性清净，那么修行六度而无所行，则能自行，又能利他，庄严菩提的道路。这样就能"法无众生，离众生垢故；法无有我，离我垢故"。

达摩的"四行观"一向被看成中国习禅解脱法的要义，但如果我们把它落实到生活中，他讲的不就是使我们"事事如意"的方法吗？事事如意的本质并不在永远有顺境，而是在意念上保有清明来加以转动，这正是"境由心造"。

与其追求外境的如意，不如开启智慧的光明来得有用。

如意正如它的造型，是红线上系的两朵白云，我们抓住红线，白云就能任我们转动，不至于失散隐没于天空。"意"是云，"如"是红线。

"有智慧的人才能事事如意"，这正是文殊菩萨手持如意的最大启示！

日光五书

红叶的消息

　　秋天，日本许许多多地方都插了塑胶做的红叶。那些红叶做得像一把竹子的叶片，四散分叉，好像刚爆开的烟火，颜色有红有黄有浓有淡，通常夹着两片绿色。叶片则有三瓣、五瓣，还有一些不规则的形状。

　　虽是塑胶制品，在阳光下同样鲜艳地燃烧，如有生命一般。到了夜晚，灯火一映，也自有秋夜的凄清。有的地方挂得特别多，尤其接近盛放枫红的地区更盛，像东京浅草的仲见世购物中心，几万片红叶同时挂在屋檐下，夜里的牡丹灯笼一照，让人觉得整个世界已被红叶掩埋。像原宿明治神宫前的大道，两侧古木参天，路中灯笼成排，"枫标"则在灯笼与古木间摇曳，极为雄浑壮观，使太阳族聚集的原宿也有了古典的气息。

　　塑胶红叶再好总是不及真正的红叶，它只是带来了红叶的消息，顺着这些在秋风里飘扬的一点红影，可以找到远处山中正在大片渲染的红叶。

我们后来决定上日光看红叶，多少受到那些指标的影响。一个住在日本的朋友说："要看红叶就要马上起程，因为红叶的生命是很短暂的，红叶和彩虹一样，红到最美只是瞬间的事。就说日光好了，最美的日光红叶只有一星期，那最美的一星期就是这个星期，上个星期红叶还没有完全转红，下个星期红叶已开始凋落，要去日光就要即刻出发了。"我们很庆幸，正好赶上红叶最盛的秋日，第二天便往日光出发，在山腰上的鬼怒川宿了一夜。

第二天上山时，车子盘旋着绕山而上，山腰以下还是一片绿意，只是绿中有一些等不及的枫树已经转成淡淡的红色，树底下的箭竹还繁茂得不知道冬天。车子缓缓前进，我慢慢也发现，一山的颜色随着我们的车子逐渐地改变。绿意在减少，红的黄的穿插着跑了出来，从一叶一叶到一株一株，到一片一片，整座山逐渐被秋天的魔手染成了红色。到最后，感觉车子仿佛正在开进红叶的洪流里，红色的枫叶在每一处转弯的地方有如猛扑而来的潮水，一波又一波，连绵不断。

车子沿着山壁行驶，愈驶愈高，愈能看见整座山谷，那山谷陡峭而纵深，一探头，一座山谷就像泼翻了的调色盘，眼睛所能想象的颜色大致都有了。尤其是绿、黄、红、白、黑之间有极其细腻的层次：白的是白桦林的树干，真白到如雪一般；黑的是不知名的杉树之属，黑到如刚焖好的木炭；红、黄、绿随高度转变，所以一圈圈的，好像在水彩纸上先抹满了水再涂上颜色一样，互相牵引、牵制、牵绊，乃至于互相纠缠、缠绵、缠绕着……

来到标高一千五百公尺的汤湖时，红叶开始像台风天前夕的黄昏，红云万叠，密密地盖住整个山丘。那时，才真正领略到枫叶的美，领略到大自然的红色竟然可以红到那样，深浓剔透，阳光一照射，则反映出水晶的光泽。

在秋天，光是一种红就如此多姿，以前唯有在梦里见过。但是再往上走，透明的艳红又转成黑褐色，逐渐地凋落了，最后仅剩下孤零零的荒枝等待冬风的消息。

日光的山顶上已经开始下雪了。

风花

日光的山顶上已经开始下雪了。

那雪不是普通的雪，几乎是无以辨认的。把双手摊开，雪并不着身，虽然明明落在掌上，并且也感到那一丁点的凉，可也就在落掌的那一刹那，雪像空气一样化去了。

不仅是掌上如此，雪在任何地方都不着痕迹，落在车上随落随化，在树上地上也是随落随化，一点找不到落痕。在衣服上总有白的颜色吧？没有！沾在衣服上会濡湿吧？也没有！

站在山上，看满天随着极轻微的不可辨认的风轻飘的雪，是一片白，并且那样的真实。它是可见的、可感觉的、可辨识的，但却完全不能捕捉。它在风中写自己的诗歌，而且只写给风听。它不是为可具的形象写诗的，所以，人不能掌握，树不能留住，甚至连那无边的大地，它也毫不留恋，仿佛只在空气中诞生，在空气中逝去。它可能也不是天上来的。它不是直直下落之雪，而是冬天的第一批来和红叶告别的白色精灵。

远处还有阳光，近处还有红树，那极细极细的雪在这玄奥的山上，格外有一种空茫与飘忽的气息，让我觉得这样的好天，这样好的红叶只是人生里极为偶然的相见。

我和陪我们来日光的日本朋友笔谈："常常在电影里看到日本细雪的景色，显得那样纯净、那样美，现在眼前的这些就是细雪了吗？真是美得让人觉得人生真是幸福呀！"日本人是很爱用幸福来形容内心的感动的。朋友写道："在日本，这不叫'细雪'，这叫作'风花'。"

呀！风花！多么奇异而美的名字。

他继续说："因为它是开在风里的，它不开在树上、也不开在地上，只在风里面开放，在风里凋谢。你看那满山满谷，不像芦花吗？只是没有芦秆罢了！"

"芦花没有风花这么美、这么细密，也没有这么温柔。"

然后我们就谈起了这些只开在风中的花，他告诉我，要看风花也是一种运气。在日本，第一场雪还没有下之时，通常会下一两场风花。只有这一两场风花，接下来就是细雪了。

"细雪也美，只是不像风花，让人真正感觉到秋天逝去的忧伤呢！"日本友人本间弘美在纸上写着，然后抬头望着身前的风花，眼神飞得很远很远，几乎也像风花那样渺茫而令人迷惑。那一刻我真的忘记他是一个艺术经纪人，觉得他是文学家了。

由于风花的有色无相、有相无形、有形无声，让我想不起什么可以形容的话，只能感觉到，在晴和的蓝天的衬映下，大地竟也有无数流动的星星。

这让我想起枫树的红来，枫红是把一生最后最艳红的血吐尽，在极短暂的时间怒放，所以情侣常喜欢把自己的血写在虽落犹红的枫叶上，来证明自己的爱。而风花呢？风花是情侣间无言的对视，它不必用痕迹来证明自我的存在，只是洒在空气中的一把情绪、一把眷恋或一把忧思。当情侣互相逃避对方眼神的时候，它就在风里散失了，永远不能证明曾经存在过。

因此，让我们看风花时就注视它的消失吧！只感动当时当刻的幸福！

素民烧

我们为枫红和风花而动容之后，沿着山中瀑布的阶梯往下行去，在极远处听到那一条命名为"龙瀑布"的瀑布的震耳吼声。走近一看，这瀑布竟是日本庭园式的细致，不像想象中的壮伟，只是穿越了许多高低不平的巨石地形，有时甚至从树之枝丫间穿过，所以发出了巨大的响声。

因此，常有这样的情形：听到响声大为震慑，穿越小路到瀑布时却大为扫兴，耳朵与眼睛都要为此啾咕一场。

幸好在瀑布口有一个卖烧香鱼的小摊，烧法非常少见。一个用石头砌成的大灶，约有人的半身那么高，长一公尺，宽两公尺，里面密密麻麻地倒插着香鱼，一次可以烧一百多条。

　　站在一旁看，小贩左手从缸中捞出一条活的香鱼，右手就用削尖的竹签自尾向头贯穿了香鱼，随即插入灶中。由于竹签比香鱼长约五寸，插入之后，整条香鱼在火焰之上，一分钟左右，香鱼烧成金黄色，因为鱼身先抹了盐，增加了味道的鲜美。上百条香鱼在灶上烧，其香惊人，数十公尺外皆可闻到。

　　至于那鱼的滋味就甚难形容了。我和一群日本人围着那个大灶，很少有人吃了一条就站起来，我一口气吃了五条，不只是香鱼鲜嫩的滋味，还有那样烧香鱼的方法实在是令人喜爱。

　　日本朋友告诉我，这种吃香鱼的方法叫作"素民烧"，意即一般老百姓日常吃香鱼的做法，同时也是最好吃的方法，因为从捞起香鱼到烧烤完成，可以说是一瞬之间，而且火虽强旺，却不会把鱼的外表烧黑。

　　我非常喜欢"素民烧"这个名字，好像使人抛弃了一切，还原到人最亲切的那一面，就是那样随意的一口土灶，便烧出了天下最好的美味。

　　日光山上的湖中养了数以千万计的香鱼，因为这里风水纯净，山光优美，完全没有人为污染，所以日光所产的香鱼是日本最著名的。香鱼是最自我珍惜的鱼，听说愈是风景好，愈是水纯净的地方，香鱼就愈好吃。水一旦稍受污染，香鱼就自绝而死了，这种属性使得香鱼捞起来就能吃，不必开膛破肚。

　　日本友人告诉我，吃香鱼可以测知水受污染的程度。受污染越严重的水养出来的香鱼，鱼肚子越有浓厚的苦味；要是水干净，那苦味是极清淡接近于无，细细品尝，舌尖上就能感觉到那微细的苦，而品尝香鱼腹中的苦是吃香鱼极大的乐趣。这真是惊人的论说，却更能让人体会到香鱼的神奇。香鱼无言，却用它的肚腹表示了对环境的抗议，苦到极处它就不愿生存了。

这使我想起新店溪上的香鱼，过去曾布满香鱼的新店溪，如今早就绝种。日本人曾经与我们合作在新店溪上游将几百万条香鱼放生，可惜大部分仍然死去了，我想那极少数存活的香鱼，一定也是苦得难以下口吧！

我们有许多可爱的"素民"，也有许多赖以存活的河流。我们过去曾有无以数计的香鱼，但如果环境这样坏下去，我们就永远吃不到香鱼，更不要说是素民烧了。

逍遥园

当我走进日本的寺庙时，我感到一种莫名的忧伤。不像日本人对待香鱼，因为一般的日本寺庙已经完全受到金钱的污染了。

虽然寺庙不收门票，也不主动向人要钱，但我们可以看到钱在四周流动，使原本纯净朴素的寺庙，有时候像个卖菜的市场。

在寺庙的入口开始，就有和尚或穿古服的少女，向人推销那些所谓的纪念品，包括书本、明信片，以及保佑发财、平安、婚姻、学业、工作、生子等种类繁多的"香火"。进入寺庙以后，每隔一个大门就有左右两摊卖纪念品的铺子，香客围着购买，使寺庙之美毁败无余。

最妙的是，寺庙里也出售"灵签"，要抽签的人不必拜神问神，只要花一百元买一支签，因此，中的签往往牛头不对马嘴，但日本有一种奇风异俗，不喜欢的签可以结在寺庙的树上送还给神——怪不得日本一般寺庙都是结签满满的树。

日光山上有几座十分不凡的寺庙建筑，像列为国宝的东照宫、轮王寺，列为重要文化财产的中禅寺、二荒山神社、二荒山中宫祠，都由于到处贩售东西而俗气不少。

我们到中禅寺是为了看一尊胜道上人雕刻的古老"立木观音像"。先排队买票，再排半天队进入寺里，却不能仔细欣赏这座立木观音，因为和尚在观音面前出售观音的禅杖纪念品，灯光幽暗，有些观光客买完以后也没有时间看观音了，下一批游客马上要进来，出门一看才知道那买到的禅杖是铝外镀了一层粗劣的金，真是扫兴。

在二荒山中宫祠，则由寺庙售卖一种酸奶，听说喝了以后可以生儿子。许多日本人排了半天队，才能喝到一碗酸奶，看了十分可笑。这菩萨如果有灵，恐怕不至于请人喝了酸奶才肯赐给他儿子吧！而且在那样幽静的庭园里，每棵树和每块石头都是细心铺排的，排队的人在上面嘈杂，真是煞风景。

说日本的寺庙完全被商业盘踞实不为过，日本人是什么都要拿来卖钱的，何况是菩萨呢！和尚轮班卖纪念品，恐怕也是世所仅见的了。

但走到庙旁的庭园时，才体会到传统日式庙宇的幽静。日光山上的"庙园"以东照宫的最好，有松梅幽篁，枫槭之属。池水弯曲有致，步阶相间回旋，一景一物，全清晰地映照在清可见底的池水上，美丽无匹的锦鲤则姗姗游过池上倒影，池中颜色变化更是繁复。

要说中国园林与日本园林有何不同，那便是日本的更小了一号。他们甚至可以把看起来如千年古木的树种在一尺见方的盆中，而园中就连一株草都有它应有的位置，石头的安排也不多出一分一寸。看起来虽然格局偏小，但是想到日本当今追求"轻、薄、短、小"的精密工业形态，和他们的生活哲学实有牵连，看这园林，不正如一架超薄型录影机里组件一样的安排吗？没有一点零乱，甚至连树叶落下也自成一个范围，互不干扰。

这个花园的名字叫"逍遥园"，在东照宫的门口右侧。奇怪的是，在东照宫里，满坑满谷如蚂蚁窝的人潮，而在逍遥园里却没有游客，形成十分强烈的对比。在这个世界上，喜欢沉静逍遥的人愈来愈少，而大部分人赶千里路来，只是为了上山向和尚买纪念品。这时候我不禁想到：一座寺庙和一株红树，到底哪一个才有永恒的价值，哪一种对人心更有益呢？有时候，寺庙中的暮鼓晨钟听起来还不及一声飞鸣而过的鸟声吧！

夜宿鬼怒川

寺庙中的暮鼓晨钟听起来还不及一声飞鸣而过的鸟声吧！

我们住在鬼怒川的那天夜里，清晨第一道阳光射进纸糊的窗门时，窗外的鸟声哗然升起。推窗竟不见鸟影，唯天际几只巨鹰在松林顶上盘旋，黑色的身影在绿色的林上、金色的阳光里滑翔。

料想那短而清脆的声音绝不是来自老鹰，而是林间深处一种不知名的鸟。也许鹰也在找那声音的来源，只是那一刻看起来，来回绕圈的老鹰犹如指挥棒，而林中的乐师是随棒而鸣唱。

林中那一条溪水，就叫"鬼怒川"，溪水不大也不深，却因穿过两旁的峭壁，声音巨大恢宏，隐隐还有回声，不绝如缕。尤其到了夜里，一切已归寂然，只留下这一条溪水的声音，更比白日里大了十倍，如战车轰轰然驶过。旅店窗口正好面对着鬼怒川，在深沉的静夜，真觉得有地动山摇之势。

夜间无法入眠，披衣沿溪而下，到中游，才见到川上有一座老式的吊桥，桥高有十几丈，桥上铺了由两岸飘来的稀疏的落叶，步行桥上，摇晃有声。我站在吊桥中间倾听这条小川所流动的声音，才知道为什么这川的名字叫"鬼怒川"。如果不是鬼怒，那样宽不及五尺的溪水何以能在秋夜里发出震人的巨吼呢？若说这溪水有什么美，还不如说溪的名字非常动人。

鬼而有怒，怒而纳声于川，且在夜里发声而吼，也算是大自然的天籁之一。更奇的是，这鬼怒之川不是冷水，而是温泉，从地底冒出来的，热度在摄氏六七十度，因而烟雾弥漫，把整个溪水的声音蒙住，而下游之处水温已退，有的地方甚至波平如镜。

在这个地区，所有的房屋全依川而筑，温泉没有硫黄味，水清如瓶，早就是著名的温泉区了。只是一般上日光看红叶的路客匆匆，极少有在鬼怒川投宿的，夜里比邻的街店便没有一家开张，最后找到一家卖荞麦拉面的店，由于店中的温暖，才猛然觉得外面的鬼怒川是最后的秋季了，它有一种透骨的寒冷，只是刚刚为鬼怒之声所迷，不觉得那种寒冷罢了。

问起卖面的妇人："怎么鬼怒川的枫树还没有开始红呢？是不是因为地气热的关系？"

"不是的，一条川的地气哪里挡得住整山的风寒？是因为还没有轮到这里红呢！春天的时候，樱花是往上红的，秋天的时候，红叶是往下红，这鬼怒川正好在中途，是在春最暖时樱花开，在秋最盛时红叶红，每年都是这样子的，再过一个星期，红叶就像排着队往山下走去了。"

在妇人的口中，樱花和红树不是一株一株，而是整山都有了生命，像是游牧的种族，春日晴和时爬上山去赶集，而秋天到时则散向有水草的居处。听说这鬼怒之川，在秋冬时呐喊得最厉害，好像在为红叶的最后一程鼓着哗哗的掌声。

掌声在四野散去。

让人觉得，鬼也是大地的精灵之一。

红叶也是大地的精灵之一，赶着上山的人也是大地的精灵之一，香鱼是，风花更是。

好吧，让我来说说鬼怒川的声音：如果山顶的红叶往山下走时，你听到红叶猛然变色的声音，那正是鬼怒川的颜色。

鬼怒川的呐喊，也是秋天的时候，红叶的消息。

　　有一次，我买回一卷印刷的《长江万里图》长卷，它小得不能再小，比一支狼毫小楷还短，比一锭漱金好墨还细，可以用一只手盈握，甚至可以把它放在牛仔裤的口袋里，走着的时候也感觉不到它的重量。

　　中夜时分，我把那小小的图卷打开，一条万里长江倾泻而出，往东浩浩流去，仿佛没有尽头。里面有江水、有人家、有花树、有亭台楼阁，全是那样浩大，人走在其中，还比不上长江里一粒小小的泡沫。

　　那长江，在图面里是细小精致的，但在想象中却巨大无比。那长江，流过了多少世代、多少里程，流过多少旅人的欢欣与哀愁呢？想到长江的时候，我的心情不是一定要拥有长江，也不是要真的穿过三峡与赤壁，只要用那样小而精致的一卷图册来包容心情，也就够了。

　　读倦的时候，双手卷起《长江万里图》，放在书桌上的笔筒里，长江的美就好像全收在竹做的笔筒里。即使我的心情还在前一刻的长江中奔流，也不免想到长江只是一握。乡愁，有时也是那样一握，情爱与生命的过往也是如此。它摊开来长到无边无际，卷起时盈盈一握，再复杂的心情，刹那间凝结成一粒透明的金刚钻，四面放光。

那种感觉真是美，好像是钓鱼的人意不在鱼，而在万顷波涛。唐朝船子和尚的诗《颂钓者》写过这种心情：

千尺丝纶直下垂，一波才动万波随。
夜静水寒鱼不食，满船空载月明归。

钓鱼的人意不在鱼，看图的人神不限于图，独坐的人趣不拘于独坐，正足以一波动万波，达到更高的境界。

同样地，读屈原离骚，清朝诗人吴藻读出"一卷离骚一卷经，十年心事十年灯"；同样看芦苇，王国维看出"人生只似风前絮，欢也零星，悲也零星，都作连江点点萍"；同样咏水仙，黄庭坚诵出"坐对真成被花恼，出门一笑大江横"；同样是夜眠有梦，欧阳修梦到"夜凉吹笛千山月，路暗迷人百种花，棋罢不知人换世，酒阑无奈客思家"……同样是面对小小的景物，人往往能超想于物外，不为景物所限。

这种卷帘望窗的心情几乎是无以形容的，像是"平芜尽处是春山，行人更在春山外"，是"佳句奚囊盛不住，满山风雨送人看"。秦观的几句词说得最好："无端天与娉婷，夜月一帘幽梦，春风十里柔情。"

帘与窗是不同的，正如卷起来的图画与装了画框的画不同。因为帘不管是卷起或放下，它总与外界的想象世界互通着呼吸，有时在黑夜不能视物时，还能感受到微风轻轻地触肤，夜之凉意也透过帘的空隙在周边围绕。因为卷起来的画不像画框一览无遗，它里面有惊喜与感叹，打开的时候，想象可以驰骋，卷收的时候仿佛在自己掌中拥有了无限的空间。

我从小就特别能感知那种卷藏的魅力，每当看到长辈收藏中国书画，总是希望能探知究竟。每天我最喜欢的时刻，就是清晨母亲来把我们窗口的帘子卷起，阳光就像约定好的一样，在刹那间扑满整个房间，即使我们的屋子非常简陋，那一刻也能感觉到充分的光明与温暖。

父亲有一幅达摩一苇渡江的图画，画上没有署名，只是普通民间艺匠的作品，却也能感觉到江面在无限延伸。达摩须发飞扬地站在一株细瘦几不可辨的苇草上，江水滔滔，达摩不动如山，两只巨眼凝视着东方湛然的海天，他的衣袂飘然若一片水叶，他的身姿又稳然如一座大山。

父亲极宝爱那幅画，平时挂在佛堂的右侧，像神一样地看待它。佛堂是庄严神圣之地，我们只能远远看着达摩，不敢乱动。十六岁时我们搬家，父亲把达摩卷成一卷，交给我带到新家。

把达摩画像夹在腋下，在田埂上走的时候，我好像可以在肌肤上感觉达摩的须发、巨眼和滚动的江水，顿时心中涌上一片温热，仿佛那田埂是一苇，两边随风舞动的稻子是江浪渺渺，整个人都飘飘然起来。

当时的达摩已经不是佛堂里神圣不可冒犯的神，而是和凡人一样有脉搏的跳动，令我感动不已。听说达摩祖师的东来之意，是要寻找一个"不受人惑"的人，"不受人惑"的理想标杆，原本像一苇那么细弱，但把达摩收卷在腋下时，我觉得再细弱的苇草，也可以度人走过汩汩流波，"不受人惑"也就变得坚强，是凡人可以触及的。

我把达摩挂在新家的佛堂中时，画幅由上往下展开，江水倾泻，达摩的巨眼在摊开的墙壁上，有如电光激射，是我以前没能感受到的。如今一收一放，感觉之不同竟至于斯，达到不可想象的境界。

在我们故乡附近，有一座客家村，村里千百年来流传着一项风俗，就是新婚夫妻的新房门前一定要挂一幅细竹编成的竹门帘。站在远处看三合院，如果是竹门帘，真像是挂在客厅里的中堂；它不像一般门帘是两边对分，而是上下卷起，富有古趣，想来是客家的古制之一。

送给新婚夫妻的门帘上，有时绘着两株花朵，鲜艳欲滴地纠缠在一起；有时绘着一双龙凤，腾空飞翔互相温柔地对看；最普遍的是绘两只鸳鸯，悠然地、不知前方风雨地，从荷塘上相依飘过。

客家竹门帘的风俗，不知因何而起，不知传世多久，但它总给我一种遗世之美。每当我们送进一对新人、放下门帘的时候，两只彩色斑斓的鸳鸯活了起来，在荷塘微风的扬动中，游过来，又追逐过去。纵令天色已暗，它们也无视外面忽明忽灭的星光。

新婚时的竹门帘，让人想到情感即使饱受折磨，也有永世的期待。

后来我常爱到客家村，有时不为什么，只为了在微风初起的黄昏散步时，看看每家的竹门帘。偶尔看到人家门口多添了一张新门帘，就知道有一对新夫妻正为未来的幸福做新的笺注和眉批。但是大部分人家的竹门帘都在岁月的涤洗中褪色了，有的甚至破烂不堪，卷起时零零落落，随时像要支离。仔细一看，纠缠的花折断了，龙凤分飞了。鸳鸯有的折伴，有的失侣，有的苍然浑噩至不能辨视它旧日的模样。

原来，大部分夫妻婚后就一直挂着新婚的门帘，数十年不曾更换，时间一久，竟失了形状、褪了色泽。我触摸着一只断足的鸳鸯，心中感怀无限：不知道那些老夫妇掀开门帘，走进他们不再鲜丽的门帘时，是一种什么心情。我知道的是，人世的情爱，少有能永远如新地穿过岁月的河流，往往是岁月走过，情爱也在其中流远，远到不能记忆青衫，远到静海无波。而情爱与岁月共同前行的步迹，正在竹门帘上显现出来。

有时候朋友结婚，我也会找一卷颜色最鲜、形式最缠绵的竹门帘送他们，并且告以这是客家旧俗中最美的一种传统，然后看见两朵灿然的微笑，自他们的容颜升起。然而，走在回家的路上，我却不敢想起客家村落常见的景象。那剥落的景象正如无星的黑夜，看不见一点光。

我知道情感可以如斯卷起，但门帘即使如新，也无以保存过去的感情，只好把它卷在心中最深沉的角落。就像卷得起《长江万里图》，心中挂着长江，卷得起一苇渡江，但江面辽阔，遥不可渡。

卷着的帘、卷着的画，全是谜一般的美丽。每一次展开，总有庄穆之心，不知其中是缠绵细致的情感，或是壮怀慷慨的豪情；也不知里面是江南的水势、江北的风寒，或是更远的关外的万里狂沙。唯一肯定的是，不管卷藏的内容是什么，总会或多或少触动心灵的玄机。

诗人韦庄有一阕常被遗忘的好词，正是写这种玄机被触动的心情：

春雨足

染就一溪新绿

柳外飞来双羽玉

弄晴相对浴

楼外翠帘高轴

倚遍阑干几曲

云淡水平烟树簇

寸心千里目

　　前半段写的是一双白羽毛的鸟在新绿的溪中相对而浴，是鸳鸯竹帘的心情；后半段写的是翠帘高卷的阑干上目见的美景，寸心飞越千里，是长江万里图的家国心情。读韦庄此词，念及他壮年经黄巢之祸的乱离，三十年家国和千百里河山全在一念之间，跌宕汹涌而出。而且，我们不要忘记，他卷起的楼外，不只是一幅幅的图画，也是一层层的心情——有时多感不一定要落泪，光看一张帘卷西风的图像，就能使人锥心。

　　我有一幅印刷的王维的《山阴图卷》，买来的时候久久不忍打开，一夜饮中微醉，缓缓展开那幅画。先看到左方从山石间划出来的一苇小舟上，坐着一位清须飘飘的老者在泛舟垂钓，然后是远处小洲上几株迎风的小树，近景是一棵大树悠然垂落藤蔓。画的右边是三个人，两位老者促膝长谈，一位青年独对江水，两眼平视远方……最右侧是几株乱树，图卷在乱树中戛然而止。

泛舟老叟钓到鱼了没有？我不知道。

两位老者在谈些什么？我也不知道。

那位青年面对江水究竟在独思什么？我更全然不知。

《山阴图卷》本来是一幅澹远幽雅的古画，是让我们壮怀激烈的盛唐时代生活平静的写照。可是由于我的全然不知，读那幅画时竟有些难以排遣的幽苦，幻化在那江边，我正是那独坐的青年，一坐就坐到盛唐的图画里去。等酒醒后，才发现盛唐以及其后的诸种岁月已流到乱树的背后，不可捉摸了。

我想过，如果那幅画是平裱在玻璃框里，我绝对不会有那时的心情，因为那青年的图像在画里构图的地方非常之小，小到难以一眼望见；只有图卷慢慢张开的时候，才能集中精神，坐进一个难以测知的想象世界。

有一年，是在风雨的夜里吧！我在鼻头角的海边看海潮，被海上突来的寒雨所困，就随缘地夜宿灯塔。灯塔是最平凡的海边景致，最多只能赢得过路时一声美的赞叹。

夜宿的心情却不同。头上的强光一束，亮然射出，穿透雨网，明澈慑人。塔的顶端窗门竟有竹帘，我细心地卷了帘，看到天风海雨围绕周边，海浪激射，一起一落，在夜雨的空茫里，渔火点点，有的迎着强光驶进港内，有的依着光飘向渺不可知的远方。

那竹帘是质朴的原色，不知历经多少岁月，仍坚固如昔。竹帘不比灯塔，能指引海上漂泊的人，但它能让人的想象不可遏止，胜过灯塔。

我知道那是台湾的最北角，最北最北的一张竹帘。那么，仿佛一卷帘，就能望见北方的家乡。

　　家乡远在千山外，用帘、用画都可以卷，可以盈握，可以置于怀袖之中。卷起来是寸心，摊开来是千里目，寸心与千里，有一角明亮的交叠，不论走到哪里，都是浮天沧海远，万里眼中明。

　　在鼻头角卷帘看海的那一夜，我甚至看见有四句诗从海面上浮起，并听到它随海浪冲打着岩岸，那四句诗是于右任的《壬子元日》：

　　　　不信青春唤不回

　　　　不容青史尽成灰

　　　　低徊海上成功宴

　　　　万里江山酒一杯

无声飘落

春天的午后，无风，他们沉默地走在笔直的大路上，不时对望一眼，一句话在喉边转动，又随着眼神逃开。

路两旁的木棉花红透了，那是一种夕阳将要落下的颜色。他们走到路口等红灯时，两朵硕大鲜红的木棉花突然掉落，"啪嗒"一声同时落地，各往两边滚开，然后静止了。他看那两朵鲜红似昔的木棉花，本来长在同一株树上，一起向春天开放，落下时却背对着背；他知道落下的木棉花再美，也很快就会枯萎了。

过马路的时候，他小心牵起她的手，感觉到她手里汗水的感觉，他说：

"在我的故乡，五月的时候，木棉花都结果了，坚硬得像木头一样。六月，它们在空中爆开，棉絮像雪，往四边飞落，我经常在棉花裂开那一刹那，在空中奔跑抓棉絮，不让它落在地上，最后，大部分棉絮还是落在地上……"

　　说着，他回望她，不知何时她的眼睛竟红了，他捏捏她的手，说："台北的木棉树只开花而不结果，当然没有棉絮，你看过棉絮吗？"她摇头，两串泪急速爬过脸颊，落在地上。他看着地上的泪迹，知道他们是完全不同的两种人，生活在各自不同的世界，从她宁可去做缎带花而不肯陪他看木棉花他就知道了，于是，他在心底真心地祝福着她。

　　到下一个街口，他站定了，她还在茫然，他说："这是这条路上最美的一株木棉，就在这里送你走吧！"她未曾移步，他抬头看看那株崇高的木棉，花已经落尽，枯干似的枝丫互相对举，他感觉到落了花的木棉树像是他送她的一株珊瑚，心在那一刻抽痛起来。多年的情感如同木棉的棉絮，有非常之美，春天一过，它就裂开，四散飘飞，无声落地。

　　她说："我把你的订婚戒指弄丢了，不能还你。"

　　他说："没关系，别人送的一定更好。"

　　她哪里知道，那是他学生时代花一整个暑假在梨山做工赚来的。那时他走完一整条木棉大道才看中那只戒指，虽是纯金，却没有金的灿亮，颜色像是春秋战国时代的青铜。他从来没有对她说过做苦工的事情，他想，永远也不会说出口了吧！

　　她说："相信我，你是我见过的最好的人，再也不会有人像你这样爱我了……"她的泪又流下，他笑笑，伸手为她拦车，直到看见她在街的远处消失，才忍不住鼻酸，往来路走回家。

　　回到第一个街口，看到原先两朵落下而背对的木棉花还在，他默默地捡拾起来，将两朵花套在一起，回家时放在桌上；那一夜，什么事也不做，就看着木棉一分一分地萎落。

　　晨曦从窗外流进来的时候，木棉花已经完全枯萎了。他想起这两朵木棉花如果在南方的故乡，会长成棉果，在四边飘飞棉絮；如果遇到肥沃的土地，会生长出新的木棉树。这些，她永远不会懂。他眼前突然浮现出她最后流泪的样子，这是多年来第一次看她流泪，他最初的爱仿佛随她的泪落在地上。他这才知道，她的泪原是一种结局，像春末萎落的木棉花。

······

一座寺庙和一株红树，到底哪一个才有永恒的价值，

哪一种对人心更有益呢？

有时候，寺庙中的暮鼓晨钟听起来还不及一声飞鸣而过

的鸟声吧！

青山白发

在北莺公路上，刚进入山路的时候，发现道路左边蹿出来一丛丛苇芒，右边也蹿出了一丛丛苇芒。然后，车子转进了迂回的山路，芒花竟像一种秋天的情绪，感染了整片山丘，有几座乔木稀少的小丘，蒙上了一片白。冬天的寒风从谷口吹来，苇上白色的芒花随着飘摇了起来。

我忍不住下车，站在那整山的白芒花前。青色山脉是山的背景，那时的苇芒像是水墨画的留白。这留白的空间虽未多作着墨，却充满了联想，仿佛它给山的天地间多留了空间，我们可以顺着芒花的步迹往更远的天地走去。我站在苇芒花的中间，虽不能见到山的背面，也看不到那弯折的路之尽头，但我知道，顺着这飘动的白色寻去，山的背面是苇芒，路的尽头也是苇芒。

北莺公路是我常旅行的一条路，就在两星期前我曾路过这里，那时苇芒还只是山中的野草，芜杂地蔓生两旁，我们完全不能感知它的美。仅仅两星期的时间，蔓生的野草吐出了心头的白，染满了山坡，顺势下望，可以看到大汉溪的两旁，那些没有耕种的田地，已经完全被白色占据了。好像这些白色的芒花不是慢慢开起，而是在一夜之间怒放。

在乡间，苇芒是最低贱的植物，因此它的生命力特别强悍，一到秋天，它就成为山野中最美的景色了。有一年，我在花盆里随意栽植一株苇芒，本来静静躺在花园一角，到秋末时它突然抽拔开花，使那些黄的红的花全成了烘衬它的背景。那令我们感觉，苇芒代表了自然的时序，它一生的精华就在秋天。有一次，我路过村落去探望郊区的朋友，在路旁拔了几株苇芒的长花送给朋友，他收到苇芒花时不禁感叹："竟然已是秋天了！"——苇芒给人季节的感受，胜过了春天的玫瑰。

站在满山的芒花里，我想起一位特立独行的和尚云门文偃。云门是禅宗里追求心灵自由的代表，有一次，一位和尚问他：

"什么是佛法的大意？"
"春来草自青！"他说。
又有和尚问他：
"什么是成佛的方法？"
"东山水上行！"他说。

在云门的眼中，佛法的大意与成佛的方法，其实就是一种自然，一种万物变化与成长的基本道理；透过这种自然的过程，我们既可以说，佛法大意是"春来草自青",当然也可以说是"秋来苇自白",它是自然心,也是平常心。

云门和尚的祖师爷德山宣鉴,自以为天下学问唯我知焉。他从四川一直向湖南走去,要向南方的禅师们挑战,好不容易到了澧阳崇信大师弘法的道场——龙潭,不免心浮气傲地大叫:"久闻龙潭大名,没想到潭也没有、龙也没有!"但一看到龙潭风景优美,就住了下来。

有一天月黑风高,德山坐在寺前沉思佛法精义,忽然从黑暗中走出一个人影,此人正是崇信大师。大师对他说:"夜深了,何不回到温暖的房里休息?"德山说:"回去的路太黑了!"崇信爱怜地说:"我去给你点一盏灯,一盏光明之灯。"

不一会儿,崇信从寺中点来一盏灯,虽是一盏小灯,也足以照亮通往龙潭寺的小路。他交给德山说:"拿去吧!这是光明的灯。"德山正伸手要接,崇信突然一口气吹熄了灯,一言不发。德山羞愧交加,猛然悟道,长跪不起。

德山所悟的道正是心灵之灯,是自然的生发,而不是外力的点燃。这种力量原本不限于灯,就像秋天里满山的芒花,它不必言语,就让人体会了天地,全是在时间的推演下自然生变——青山犹有白发的时候,何况是人呢?

《金刚经》里说:"过去心不可得,现在心不可得,未来心不可得。"为什么不可得呢?因为面对自然的浩浩渺渺,人的心念实在是无比细小,而且时刻变化,让我们无法知解人生与自然的本意。这本意正是"春来草自青，秋来苇自白"，是一种宇宙时空的推演。

我读过一本《醉古堂剑扫》，书中有这样几句："今世之昏昏逐逐，无一日不醉，无一人不醉。趋名者醉于朝，趋利者醉于野，豪者醉于声色车马，而天下竟为昏迷不醒之天下矣。安得一服清凉，人人解醒。"乃是因为人不能取寓自然，所以不能得人间的清凉。虽说不少智慧之士想要突破这种自然演变的樊篱，像明朝才子于孔兼在《菜根谭题词》里说"天劳我以形，吾逸吾心以补之；天厄我以遇，吾享吾道以通之"，想要找到一条补天通天的道路，可是，我们的心再飘逸，我们的道再高远，恐怕都无法让苇芒在春日里开花吧！

人要面对自然、宇宙、时空的无奈，实在是无可奈何的事，豪放如李白，在《把酒问月》一诗中曾有一段淋漓的描写："今人不见古时月，今月曾经照古人。古人今人若流水，共看明月皆如此。唯愿当歌对酒时，月光长照金樽里。"真真写出了淡淡的感慨。人能与月同行，而月却曾古今辉映，人在月中仅是流水一般情境。同样地，人能在苇草白头之时感慨不已，可是年年苇草白头，而人事已非！

少年时代读《孔雀东南飞》，有几句至今仍不能忘："君当作磐石，妾当作蒲苇，蒲苇韧如丝，磐石无转移。"这是刘兰芝对丈夫表示永志不渝的誓词，竟把芦苇蒲草与永远的磐石相比，令人记忆鲜明，最后仍不免举身赴清池，殉情以殁；刘兰芝魂灵已远，不能知道她心中的苇草，是否仍在南方的山头开放。

想到苇草种种，突然浮起苏东坡的名句"青山一发是中原"，那青山远望只是一发，而在秋天的青山里，那情牵动心的一发却已在无意之中白了发梢，即使是中原，此刻也是白发满山了吧！

我离开那座开满芒花的丘陵，驱车往乡间走去。脑中全是在风中飘摇的芒花，竟使我微微颤抖起来，有一种越过山头的冲动。虽然心里明明知道山头可攀，而青山白发影像烙在心头，却是遥遥难越了。

雪与爱

　　终年在冰天雪地里生活，抬眼所见只有一片银白，没有远近，没有距离，没有边缘，究竟会产生什么样的情况呢？一位朋友对因纽特人的文化与生活很有兴趣，谈到因纽特人的种种，在冬天的冷冽中听起来饶有兴味。

　　他说，在因纽特的文字中，就有三十个"雪"字，用以分辨那一片白茫茫世界里的雪的诸相。在我们平常所习知的雪中，因纽特人因为长时间细致的体察，竟能一一辨别出它们在颜色与结构之间的不同。而且，由于环境里只有冰雪一种情况，为了能在语言与文字中确实表达环境，也不得不发展出三十个雪字来。

　　这真是一个动人的说法，我向来觉得中国的文字结构可因观察力的细密无限延展，可是打开再大的辞典，关于雪的描写也不过寥寥数字，如雪、雰、雹、霰、霁、霜、霰、霾，而且有的字意还互相交缠，比起因纽特人就显得相当粗疏了。因此，我们说因纽特人是世界上最了解冰雪的民族，一点也不为过。他们就在那无垠的雪中生活，从生活里对雪有了最细微精密的体察。

朋友又说："因纽特人运用敏锐的观察力，奠下对地形与风向的惊人认识，在外人以为全无辨识目标的单调地方，充满了意义丰富的参照点。在月黑风高的夜晚，连拉橇的狗也没有把握的情况下，猎者仍旧毫不犹豫地出门。他们用皮衣软毛飘动的方向定位后继续行路；他们在雪丘上看出风痕，在雾封的海岸听风向与拍岸的浪声以测位航行（用于风的字眼至少有十二个）；在能见度等于零时，他们听岬角上的鸟鸣，嗅土地与浪涛，感受脸上的水沫与风，以屁股去读风与波涛相互造出的模式。他们告诉你有一只鸟在天上，你硬是看不见，这并非他们生来有非凡双眼，而是由于他们当下即进入经验本身，一见即成为所见。他们不是观察者而是参与者。"

我们终于知道因纽特的文字中为何有很多的"雪"字，那是由于他们并不是在观察雪或感受雪，而是因为他们是雪中的子民，雪是他们与生俱来的生活，他们的生命里有雪，是一种确实经验的本体。

反倒是他们所雕刻的艺术，人的脸部通常没有五官，因为他们把生活赤裸到最低的要素，艺术亦然。对因纽特人来说，行动的姿势比五官的清楚还要重要，他们不是透过表情来表达思想，而是把思想寄托在行动之中。由于永不止息的行动能抗风御雪，在那块冰雪永不解冻的土地上，风以七十英里以上的时速吹吼。一般人在那里生活久了，血中的白细胞会减少，抗病力会减低，引起缺氧诸病，以及全身碱中毒，但是这样的土地却是因纽特人最热爱的土地。

　　这种热爱是可以理解的，因为雪是他们与生俱来的东西，婴儿的第一次澡是用雪来洗，死亡时也埋在雪中。

　　探测了雪对因纽特人的意义与存在，使我想到我们对身边任何事物的理解几乎全比不上他们对雪的明白。就说"爱"好了，我们所居的人间，爱是何其多样、何其复杂，然而我们只有一个"爱"字可以表达，其无力可想而知。

　　古来的文学艺术之浩瀚，全在为了表达一个"爱"字，它所描写的人生的喜怒哀乐、恩怨情仇，是从正面去面对一个爱，从反面去反映一个爱，从侧面去观察一个爱，甚至从内面去参与一个爱。但由于文字意涵的纷繁，这些爱的情感往往不能作完全明晰的写照，加上各人经验的不同，也作了多重解释。从好处说，是产生了多重意义，从负面上看，则真不如因纽特人对"雪"那样明确真实的描绘了。

　　为什么我们的一生为爱所左右，我们日日活在爱的情感中，竟不能真切说出爱的有为法呢？我们在面对茫茫人世的未知时，是否能从空气的气味、风飘动的衣角、大海拍岸的浪声或者仅从一只鸟的飞向，就判断出爱的方向，毅然出门追寻呢？

　　其实，爱的大情感，在大的层面里就如同一片冰白之雪，敏感的人从里面找到不同的东西，也只有自己对爱的体会才是最真实的；鲁钝的人只看到一片白，难以揣测在那看起来完全相同的表面，竟可以有深沉的神秘与复杂——恐怕有一些人从未有过爱，正如同有人一生完全没有见过雪一般。

　　因纽特人对雪的细密敏锐，原是经过很多世纪的熬炼，由此想到，我们在这个时代里如何熬炼自己的爱。那么，有一天说不定我们也能从一片没有远近、没有距离、没有边缘的情感中，一口气描绘出三十种以上的差别，到那一天，我们生命中的爱就算有一个阶段的完成了。

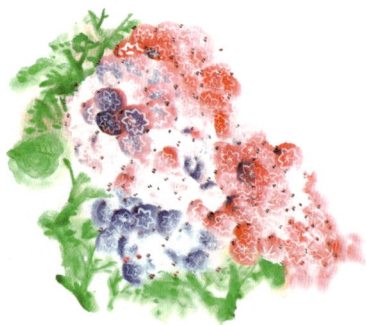

看云

他和她天天上山看云，他觉得能和她一起看云，生命就像山一样庄严和自足。

云是变化万端的，不但形状永不相同，连颜色都时常变幻。但天空飘过的云，有一种景象是常见的，就是两朵反向飘来的云，或同向飘动的云，经过一阵追赶，就合而为一，这时完全分不清它原来是两朵云。还有一种是，一朵云突然分成两朵，而且两朵云分往不同的方向，永不互见。

他把对云的观察告诉她："我们只是天空偶然相遇的云吧！希望我们是前面的那一种。"

正在他说话的时候，天空中相合的那两朵云忽然和许多云结在一起，下起夏季那种狂乱的大雨。他们奔跑回家，天晴朗起来了，天上完全没有云了。

他忘记云有时候也会下起悲切的泪，在泪中消失。

第二年，他们分开了。

云仍然在天空中，相合或别离，但他看云的时候总是痴了。

樱桃青衣

有一年，他坐在窗口读《太平广记》。一位卢姓书生，考了几次科举都落了榜，只好困居京城。一日，卢生骑驴散心来到精舍前，看到大家围着和尚听经，他也坐下来听，不久就睡着了。

梦里的卢生看到一位青衣姑娘，提着一篮樱桃坐在门口。他向前探问，青衣带他见了远房姑母，从此一帆风顺，不但中了举、娶了亲，最后还做到了宰相。他生了七男三女，有孙子数十人。晚年出巡回到年轻时听经的精舍，仆众前呼后拥，比起当年的落魄，不可同日而语。

这时，忽然听到讲经的和尚大喝一声："檀越何久不起？"卢生惊而梦醒，从此入山寻道，自人世消失。

他合上书，不禁深深地叹息起来。那时他还是双十年少，对人世的情爱充满了梦想，但情爱仿佛青衣姑娘手中的樱桃，即使非梦，樱桃恐怕也不能保持永远的红色。而美丽的青衣呢？只是舞台上静坐一隅、转而消失的身影罢了。

　　再美的过往已在舞台上演过，最美的将来还在幕后等着上演。他才二十岁，读了几百字的短文，却已经看到了落幕的一刻，如在深巷听闻和尚的喝声。

海岸破晓

走路到海边去看太阳升起的那一刻。

这时是秋天，夜的寒气竟能穿过衣裳，满林子的雾流来流去，地上草尖的露水，当我踩过，仿佛都飞溅起来，湿了裤管。

鸟还没有开始醒来，所以南台湾最哗闹的热带林子此时异常沉静。林间的黑幕与沉静相映，我小心地拿着电筒，探寻海边的出路。

终于到海边了，但海的景象令我吃惊，从天空到海面，一片墨黑，像是墨汁喷洒在整个海边。我从前没看过这么黑的云，尤其是靠海岸的云，墨块一样，紧紧地凝结。

黎明似乎是从遥远的地方走来，黑云开始飞跑，天边的明亮从层层的黑色中穿透，这是海岸的第一丝光明，撕破了整个天幕。我才知道，为什么清晨被称为"破晓"。

不只天破了，雾散了，鸟也都醒了，蝴蝶、蜻蜓、不知名的虫子都从林间飞起。

人何尝不是如此，被无名的黑云所笼罩的时候，会以为光明已在人间失落；但如果能撕开那层黑幕，就会知道，阳光从未离开。

棋盘脚花

棋盘脚花盛开的时候，真像空中盛放的烟火，那样美，那样不真实。

棋盘脚花真是烟火一样的植物，白天的时候，紧紧包着自己的脸颊，夜里才尽情盛放，像许许多多夜里的花。它不是开给人们欣赏，只是爱自己的孤芳。

所以，它们开得特别高，高到无法摘取。

所以，它们在树上时散着香，一掉落就臭了。

它们如是说："我爱开就开，爱香就香，在这个为别人活着的世界里，我要自己活出自己的方式。"

海边的人们有时批评棋盘脚花"薄情"，因为它开放后，把数十枝雄蕊抛弃，只留一枝雌蕊在树上结果。

但是，薄情又如何？再深的情爱，数十年后落地，还不也是烟火一样浮云聚散？光芒一闪，就消失在长夜里了。

蜉蝣抒情

莫为心懒而伤感，还有别的爱等着；

恨过也爱过就有无怨的时光。

永恒在前，我们的灵魂

就是爱，即使一再地别离。

——叶慈[1]

孩子读到一本书，书里讲到蜉蝣，说到蜉蝣的幼虫生活在水中三年，蜕为成虫只有几小时的时间。

"这蜉蝣的生命真短，我好想找一只蜉蝣来看看！"孩子睁着好奇的眼睛说。

"现在是冬天，哪里去找蜉蝣呢？"我说。

①即叶芝——编者注

"不如我们上网去看看吧！"

如今的孩子，有什么疑难都是要上网的。

我们在Google（谷歌）上查找"蜉蝣"，出乎意料地，光是"蜉蝣"，网上找到就有一万七千两百多项。再把范围缩小一些，只搜寻繁体中文，也有九千九百多项。

孩子伸伸舌头："这要怎么找起呢？"

我们花了许多时间寻找蜉蝣的资料，一上网，时间就会与感觉脱离。等我们回过神，已经过了三个小时，但是，对于蜉蝣，我们还是停在基本的认知：

蜉蝣，昆虫纲蜉蝣目，幼虫色淡褐，栖息水中，以微生物为食；约三年，蜕皮为成虫，浮出水面交配产卵，数小时即死。

比较触动我们的，是上了《国家地理》杂志的网站，谈到匈牙利的提索河上，每年夏天都会有"提索花季"（Tiszaviragzas）。世界最巨大的长尾蜉蝣，体长和翅膀都有十几公分，它们会神奇地在同一时间浮上河面。潜伏河中三年的数百万蜉蝣，刹那间布满河面，就像河上开满蓝色和褐色的花朵（雄虫的翅膀是蓝色，雌虫是褐色）。

刹那的美丽太惊人，使提索成为最著名的蜉蝣国度；更惊人的是，三小时之后，提索花季的百万狂花，同时凋谢！

蜉蝣三年潜伏，只是为了三小时的怒放，难怪哲学家亚里士多德称蜉蝣为"短暂存在的事物"，这短暂的存在实在是够惊人！

《国家地理》杂志的网上还有许多美丽的蜉蝣照片，列印①下来仔细欣

①即打印——编者注

赏，小小的蜉蝣也有着动人的美：大大的黑眼睛、透明的蓝翅膀、优雅的长尾巴，以短暂的一生全部用来追求爱情，然后以身相殉。无言的图片中充满了启示，我们眼前的一切不都是短暂的存在吗？

孩子没见过蜉蝣，感受与我并不相同，他说："还是不知道蜉蝣是什么样子！"

望着电脑的荧幕，我多么希望指着一只正在雨中寻觅伴侣的动物，对孩子说："那就是蜉蝣！"

今年雨季刚来的夏天，我开车带孩子上山去玩，到了下午，雷鸣电闪，突然下起大雨，我们只好躲在车里，等待狂大的雨势停歇。

不知不觉间，空中有翅膀闪动，数不清的蜉蝣，突然占领了整个山头；几万只蜉蝣，或许是几百万只蜉蝣，在空中飞舞闪动，穿梭在黄昏的雨中。我的车里正播放着女高音卡拉丝的歌声，蜉蝣仿佛随着歌声，跳着爱情之舞，一片繁华、璀璨、壮丽！

看到那么大的场面，我们都静默无声，等到心情平息，我对孩子说：

"这是双溪的蜉蝣花季，可惜世界上只有我们一家人看见！"

蜉蝣满山满空飞舞的情景，是再多的电脑资料与照片都无法描摹的。在电脑前面，我们有主控权、主导权，自以为巨大；但是在大自然面前，我们渺小短暂，一如蜉蝣；我们没有主导权，只能叹息、惊呼、动容。

我们只是整个花季的一朵小花！

时代会走向何处呢？

如果我们过度沉溺于电脑网络，时代就会走向冷漠、无感、失智、平板，我们会逐渐失落，失落我们的感官、感觉、感受、感知、感情，一年一年走向无感，一代一代走上无感的路。我们将不再抒情、不再浪漫、不再追求心灵的境界与高度。

我们似乎应该远离电脑与电视荧幕，就像一只蜉蝣浮出水中，飞离河面。

蜉蝣一生的意义，并不在河里的三年，而是飞出水面看见世界的三小时。

蝉也是一样，七年的蛰伏是默默无声，只为了七天的放怀歌唱。

人也是这样，我们花许多时间读书、受教育，花许多时间坐在电脑桌前、电视机前，最终必然有深刻的意义，就是找回人的原汁原味。

原汁是抒情，原味是思想，只有抒情与思想并美的人，才是人所要追求的原形原貌。

如果我只是一只蜉蝣，我不要人在电脑里知道我只是朝生而夕死，只是张开眼睛就飞向死亡。

我要在河岸、在山上让人看见我；看见我为了爱情而歌舞、而献身。我在河里的三年都是为了与那饱满的一刻相逢，"朝闻道，夕死可矣！"指的就是我这充满热情追求的一生呀！

人们不要太小看蜉蝣，我们在同一刻埋入河中，三年后的同一个小时诞生，如此精确的生命，除了蜉蝣，又有谁能做到？更别说同时面对死亡了。

我们也懂得思考，雌蜉蝣在求爱仪式完成后，会以薄弱的翅膀飞向上游几里外产卵，这样，卵顺着水流，才能漂到母亲的栖息地，年复一年，永不失误。

我们不成比例的大眼珠，是为了让我们最快找到伴侣，因为我们没有多余的时间可以蹉跎！

我再告诉你们一个人类还不知道的消息。在一万年前，欧洲重要的河流都有"蜉蝣花季"，如今只有匈牙利的提索才有蜉蝣花季。那是因为欧洲大部分河川已经污染，不适合我们居住了。如果人类不会警醒，终有一日，蜉蝣将会灭绝，人就只好在化石和琥珀中，寻找蜉蝣的踪迹了！

想要在文学中有追寻、想要在艺术中有探索、想要在人生中有体会的人，不能只坐在电脑前面。

我们，生在现代的人，一切已经够平面了，我们只有靠自己创造，远离电子、伪造、模仿，才可能有立体的感情。

在不抒情的时代，只有拨开重重迷雾，才有机会建立一种抒情的心。

月到天心

二十多年前的乡下没有路灯，夜里穿过田野要回到家里，差不多是摸黑的，平常时日，都是借着微明的天光，摸索着回家。

偶尔有星星，就亮了很多，感觉到心里也有星星的光明。

如果是有月亮的时候，心里就整个沉定下来，丝毫没有了黑夜的恐惧。在南台湾，尤其是夏夜，月亮的光格外有辉煌的光明，能使整条山路都清清楚楚地延展出来。

乡下的月光是很难形容的，它不像太阳的投影是从外面来，它的光明犹如从草树、从街路、从花叶，乃至从屋檐、墙垣内部微微地渗出，有时会误以为万事万物的本身有着自在的光明。假如夜深有雾，到处都弥漫着清气，当萤火虫成群飞过，仿佛是月光所掉落出来的精灵。

每一种月光下的事物都有了光明，真是好！

更好的是，在月光底下，我们也觉得自己心里有着月亮、有着光明，那光明虽不如阳光温暖，却是清凉的，从头顶的发到脚尖的指甲都感受到月的清凉。

走一段路，抬起头来，月亮总是跟着我们，照看我们。在童年的岁月里，我们心目中的月亮有一种亲切的生命，就如同有人提灯为我们引路一样。我们在路上，月在路上；我们在山顶，月在山顶；我们在江边，月在江中；我们回到家里，月正好在家屋门前。

直到如今，童年看月的景象，以及月光下的乡村都还历历如绘。但对于月之随人却带着一些迷思，月亮永远跟随我们，到底是错觉还是真实的呢？可以说它既是错觉，也是真实。由于我们知道月亮只有一个，人人却都认为月亮跟随自己，这是错觉；但当月亮伴随我们时，我们感觉到月是唯一的，只为我照耀，这是真实。

长大以后才知道，真正的事实是，每一个人心中有一片月，它是独一无二、光明湛然的，当月亮照耀我们时，它反映着月光，感觉天上的月也是心中的月。在这个世界上，每个人心里都有月亮埋藏，只是自己不知罢了。只有极少数的人，在最黑暗的时刻，仍然放散月的光明，那是知觉到自己就是月亮的人。

这是为什么禅宗把直指人心称为"指月"，指着天上的月教人看，见了月就应忘指；教化人心里都有月的光明，光明显现时就应舍弃教化。无非是标明了人心之月与天边之月是相应的、涵容的，所以才说"千江有水千江月，万里无云万里天"，即使江水千条，条条里都有一轮明月。从前读过许多诵月的诗，有一些颇能说出"心中之月"的境界，例如王阳明的《蔽月山房》：

山近月远觉月小，便道此山大于月；
若人有眼大如天，当见山高月更阔。

确实，如果我们能把心眼放开到天一样大，月不就在其中吗？只是一般人心眼小，看起来山就大于月亮了。还有一首是宋朝理学家邵雍写的《清夜吟》：

月到天心处，风来水面时。
一般清意味，料得少人知。

月到天心、风来水面，都有着清凉明净的意味，只有微细的心情才能体会，一般人是不能知道的。

我们看月，如果只看到天上之月，没有见到心灵之月，则月亮只是极短暂的偶遇，哪里谈得上什么永恒之美呢？

所以，回到自己，让自己光明吧！

幸福的开关

幸福的开关

　　一直到现在，我每看到在街边喝汽水的孩童，总会多注视一眼；每次走进超级市场，看到满墙满架的汽水、可乐、果汁饮料，心里则颇有感慨。

　　看到这些，总令我想起童年时代想要喝汽水而不可得的境况。在台湾光复不久的那几年，乡间的农民虽不致饥寒交迫，但是想要三餐都吃饱似乎也不太可得，尤其是人口众多的家族，更不要说什么零嘴、饮料了。

　　小时候，我对汽水有一种特别奇妙的向往，原因不是汽水有什么好喝，而是喝不到汽水。我们家是有几十口人的大家族，小孩子依大小排行就有十八个之多，记忆里东西仿佛永远不够吃，更别说是喝汽水了。

　　喝汽水的时机有三种：一种是喜庆宴会，一种是过年的年夜饭，一种是庙会节庆。即使有汽水，也总是不够喝。到要喝汽水时，整个过程好像在进行一种隆重的仪式，十八个杯子在桌上排成一列，依序各倒半杯，几乎喝一口就光了，然后大家舔舔嘴唇，觉得汽水的滋味真是鲜美。

　　有一回，我走在街上，看到一个孩子喝饱了汽水，站在屋檐下嗳气，呕——长长的一声。我站在旁边简直看呆了，羡慕得要死，忍不住忧伤地自问道：什么时候我才能喝汽水喝到饱？什么时候才能喝汽水喝到嗳气？因为直到读小学的时候，我还没有尝过喝汽水喝到嗳气的滋味，心想，能喝汽水喝到把气嗳出来，不知道是何等幸福的事。

　　当时家里还点着油灯，灯油就是煤油，闽南话称作"臭油"或"番仔油"。有一次，我的母亲把臭油装在空的汽水瓶里，放置在桌脚旁。我趁大人们不注意，一个箭步就把汽水瓶拿起来往嘴里灌，当场两眼翻白，口吐白沫，经过医生的急救才活转过来。为了喝汽水差一点丧命，后来成为家里的笑谈，却并没有阻绝我对汽水的向往。

　　在小学三年级的时候，有一位堂兄快结婚了。我在他结婚的前一晚竟辗转反侧地失眠了，我躺在床上暗暗地发愿：明天喝汽水一定要喝到饱，至少喝到嗳气。

　　第二天，我一直在庭院前窥探，看汽水送来了没有。到上午九点多，看到杂货店的人送来几大箱的汽水，堆叠在一处。我飞也似的跑过去，提了两大瓶黑松汽水，就往茅房跑去。彼时农村的厕所都盖在远离住屋的几十米之外，有一个大粪坑，几星期才清理一次。我们小孩子平时是很恨进茅房的，卫生问题通常是就地解决，因为里面实在太臭了。但是那一天，我早就计划好要在里面喝汽水，那是家里唯一隐秘的地方。

　　我把茅房的门反锁，接着，打开两瓶汽水，然后以一种虔诚的心情，把汽水咕嘟咕嘟地往嘴里灌，就像灌蟋蟀一样，一瓶汽水一会儿就喝光了。

几乎一刻也不停地，我把第二瓶汽水也灌进腹中。

我的肚子整个胀起来，我安静地坐在茅房的地板上，等待着嗳气。慢慢地，肚子有了动静，一股沛然莫之能御的气翻涌出来，呕——汽水的气从口鼻中冒了出来，冒得我满眼都是泪水。我长长地叹了一口气："这个世界上再也没有比喝汽水喝到嗳气更幸福的事了吧！"然后，我朝圣一般打开茅房的木闩，走出来，发现阳光是那么温暖明亮，好像从天上回到了人间。

每一粒米都充满了幸福的香气

在茅房喝汽水的时候，我忘记了茅房的臭味，忘记了人间的烦恼，觉得自己是世上最幸福的人，一直到今天我还记得那年叹息的情景。当我重复地说："这个世界上再也没有比喝汽水喝到嗳气更幸福的事了吧！"心里百感交集，眼泪忍不住就要落下来。

贫困的岁月里，人也能感受到某些深刻的幸福。像我常记得添一碗热腾腾的白饭，浇一匙猪油、一匙酱油，坐在"户定"（厅门的石阶）前细细品味猪油拌饭的芳香，那每一粒米都充满了幸福的香气。

有时，这种幸福不是来自食物。我记得当时我们镇上住了一位卖酱菜的老人，他每天下午的时候都会推着酱菜摊子在村落间穿梭。他沿路一直摇着一串清脆的铃铛，在很远的地方就可以听见他的铃声。每次他走到我们家的时候，都在夕阳将落下之际。我一听见他的铃声就跑出来，常常看见他浑身都浴在黄昏柔美的霞光中，那个画面、那串铃声，使我感到一种难言的幸福，好像把人心灵深处的美感全唤醒了。

有时，幸福来自自由自在地在田园中徜徉了一个下午。

有时，幸福来自看到萝卜田里留下来做种的萝卜，开出一片宝蓝色的花。

有时，幸福来自家里的大狗突然生出一窝颜色都不一样的、毛茸茸的小狗。

生命的幸福原来不在于人的环境、人的地位、人所能享受的物质，而在于人的心灵如何与生活对应。因此，幸福不是由外在事物决定的，贫困者有贫困者的幸福，富有者有富有者的幸福；位尊权贵者有其幸福，身份卑微者也有其幸福。在生命里，人人都是有笑有泪；在生活中，人人都有幸福与忧烦，这是人间世界真实的相貌。

从前，我在乡间与城市穿梭，做报道访问的时候，常能深刻地感受到这一点。坐在夜市喝甩头仔米酒配猪头肉的人，他感受到的幸福往往不逊于坐在大饭店里喝XO（最上乘的白兰地）的富豪；蹲在寺庙门口喝一斤二十元粗茶的农夫，他得到的快乐也不逊于喝冠军茶的人；围在甘蔗园呼幺喝六，输赢只有几百元的百姓，他得到的刺激绝不输于在梭哈台上输赢几百万的豪华赌徒。

这个世界原本就是个相对的世界，而不是绝对的世界，因此，幸福也是相对的，不是绝对的。

世界是相对的，使得到处都充满缺憾，充满了无奈与无言的时刻。但也由于相对的世界，我们不论处在任何境况下，都还有幸福的可能，在绝壁之处也能见到缝隙中的阳光。

幸福的感受不全然是世界所给予的，而是来自我们对外在或内在价值的判断，我们幸福与否，正是由自我的价值观来决定的。

以直观来面对世界

如果，我们没有预设的价值观呢？如果，我们可以随环境调整自己的价值判断呢？

就像一个不知道金钱、物质为何物的孩子，他得到一千元的玩具与十元的玩具，都能感受到一样的幸福。这是他没有预设价值观，能以直观来面对世界，世界也因此以幸福来面对他。

就像我们收到陌生人送的贵重礼物，给我们的幸福感还不如知心朋友寄来的一张卡片。这是我们随环境来调整自己的判断，能透视物质包装内的心灵世界，幸福也因此来面对我们的心灵。

所以，幸福的开关有两个：一个是直观，一个是心灵的品味。

这两者不是来自远方，而是由生活的体会得到的。

什么是直观呢？

有源律师问大珠慧海禅师："和尚修道，还用功否？"

大珠："用功。"

"如何用功？"

"饿来吃饭，困来眠。"

"一切人总如同师用功否？"

"不同！"

"何故不同？"

"他吃饭时不肯吃饭，百种须索；睡时不肯睡，千般计较，所以不同也。"

好好地吃饭、好好地睡觉就是最大的幸福、最深远的修行，这是多么伟大的直观！在禅师的语录里有许多这样的直观，都是在教导启示我们找到幸福的开关，例如：

百丈怀海说："如今对五欲八风，情无取舍，垢净俱亡，如日月在空，不缘而照；心如木石，亦如香象截流而过，更无疑滞，此人天堂地狱所不能摄也。"

庞蕴居士说："神通并妙用，运水与搬柴。""好雪片片，不落别处。"

沩山灵佑说："一切时中，视听寻常，更无委屈，亦不闭眼塞耳，但情不附物，即得。……譬如秋水澄渟，清净无为，澹泞无碍，唤他作道人，亦名无事之人。"

黄檗希运："凡人多不肯空心，恐落空，不知自心本空。愚人除事不除心，智者除心不除事。""终日吃饭，未曾咬着一粒米；终日行，未曾踏着一片地。与摩时，无人我等相，终日不离一切事，不被诸境惑，方名自在人。"

在禅师的话语中，我们在在处处都看见了一个人如何透过直观，找到自心的安顿、超越的幸福。若要我说世间的修行人所为何事，我可以如是回答："是在开发人生最究竟的幸福。"这一点禅宗四祖道信早就说过了，他说："快乐无忧，故名为佛！"读到这么简单的句子，使人心弦震荡，久久还绕梁不止，这不是人间最大的幸福吗？

只是在生命的起落之间，要人永远保有"快乐无忧"的心境是何其不易，那是远远超过了凡尘的青山与溪河的胸怀。因此，另一个开关就显得更平易了，就是心灵的品味，仔细地体会生活细节的真义。

垂丝千尺，意在深潭

现代诗人周梦蝶，他吃饭很慢很慢，有时吃一顿饭要两个多小时。有一次我问他："你吃饭为什么那么慢呢？"

他说："如果我不这样吃，怎么知道这一粒米与下一粒米的滋味有什么不同？"

我从前不知道他何以能写出那样清新空灵、细致无比的诗歌，听到这个回答时，我完全懂了。那是来自心灵细腻的品味，有如百千明镜鉴像，光影相照，使人们看见幸福原是生活中的花草，粗心的人践花而过，细心的人怜香惜玉罢了。

这正是黄龙慧南说的："高高山上云，自卷自舒何亲何疏；深深涧底水，遇曲遇直无彼无此。众生日用如云水，云水如然人不尔？若得尔，三界轮回何处起？"

也是克勤圆悟说的："三百六十骨节，一一现无边妙身；八万四千毛端，头头彰宝王刹海。不是神通妙用，亦非法尔如然，苟能千眼顿开，直是十方坐断！"

众生在生活里就像云水一样，云水如此，只是人不能自卷自舒、遇曲遇直，都保持幸福之状。保持幸福不是什么神通，只看人能不能千眼顿开，有一个截然的面对。

"垂丝千尺，意在深潭。"我们若想得到心灵真实的归依处，使幸福有如电灯开关，随时打开，就非时时把品味的丝线放到千尺以上不可了。

人间的困厄横逆固然可畏，但人在困厄横逆之际，没有自处之道，不能找到幸福的开关才是最可怕的。因为这世界的困境牢笼不光为某一个人打造，人人皆然，为什么有的人幸福，有的人不幸，实在值得深思。

我有一位朋友，是一家大公司的经理，有一天，我约他去吃番薯稀饭，他断然拒绝了。

他说："我从小就是吃番薯稀饭长大的，十八岁那一年我坐火车离开彰化家乡，在北上的火车上我对天发誓：这一辈子我宁可饿死，也不会再吃番薯稀饭了。"

我听了怔在当地，就这样，他二十年里没有吃过一口番薯。也许是这样决绝的志气与誓愿，使他步步高升，成为许多人欣羡的成功者。不过，他的回答真是令我惊心，因为在贫困岁月中抚养我们成长的番薯是无罪的呀！

当天夜里，我独自去吃番薯稀饭，觉得这被视为卑贱象征的地瓜，仍然滋味无穷。我也是吃番薯稀饭长大的，但不管何时何地吃它，总觉得很好，充满了感恩与幸福。

走出小店，仰望夜空的明星，我听到自己步行在暗巷中清晰而渺远的足音，仿佛是自己走在空谷之中。我知道，我们走过的每一步不一定是完美的，但每一步都有值得深思的意义。

只是，空谷足音，谁愿意驻足聆听呢？

不紧急却重要的事

与朋友约好清晨一起去爬山，下山后到家里喝茶。

清晨出发前，突然接到他的电话："因为公司里有紧急的事，无法一起去爬山了。"

我只好像往常一样，单独去爬山。在山顶最高处的石头上坐定，看到台北东区的滚滚红尘，即使是清晨，在街头奔驰的汽车已经像接龙一样拥挤，从山上看起来，就像蝼蚁出洞。

这一群群的人、一排排的汽车，想必都是为了紧急的事在奔忙的吧！相较起来，像登山、喝茶这些事，真的是太不紧急了。

我们为了太多紧急的事，只好牺牲看来不甚紧急的事。例如，为了加班，牺牲应有的睡眠；为了业绩，牺牲吃饭时间；为了应酬，不能陪妻子散步；为了谋取职位，不能与朋友喝茶。

确实，紧急的事不能不做，奈何人生里紧急的事无穷无尽，我们的一生大半在紧急的应付中度过，到最后整个生活步调都变得很紧急了。

生命中有许多非常重要却一点也不紧急的事。

像每天放松地静心，从容地冥想。

像愉快地吃一顿饭，品尝茶的芳香。

像在山林海边散步，欣赏山色与云的变化。

像听雨听泉听音乐，读人读爱读闲书。

像陪父母谈昔日温馨的往事，听孩子说童稚的笑语。

…………

很多重要的事是说之不尽的，却被紧急的事挤掉了空间。生命的空间有限，当全被紧急的事占满时，就像是一个停满了汽车却没有绿地的城市。

绿地是重要的，汽车是紧急的。

大树是重要的，大楼是紧急的。

白云是重要的，飞机是紧急的。

知足是重要的，欲望是紧急的。

宽心是重要的，医院是紧急的。

一个人如果在一天里花八个小时追逐衣食与俗事，是不是也能花八十分钟来思考重要的事呢？如若不行，就从八分钟开始。

八分钟的觉悟、八分钟的静心、八分钟的专注、八分钟的放松、八分钟的忘我、八分钟的天人合一、八分钟的守真抱朴。

生命必会从这八分钟改变，每天的生活也就从容而有情趣了。

一个青年为了情感离别的苦痛来向我倾诉，气息哀怨，令人动容。

等他说完，我说："人生里有离别是好事呀！"

他茫然地望着我。

我说："如果没有离别，人就不会真正珍惜相聚的时刻；如果没有离别，人间就再也没有重逢的喜悦。从这个观点看，离别是好的。"

我们总是认为相聚是幸福的，离别便不免哀伤。但这幸福是比较而来的，若没有哀伤作衬托，幸福的滋味也就不能体会了。

再从深一点的观点来思考，这世间有许多的"怨憎会"，在相聚时感到无比痛苦的人比比皆是，如果没有离别这件好事，他们不是要永受折磨、永远沉沦于恨海之中吗？

幸好，人生有离别。

因相聚而幸福的人，离别是好，使那些相思的泪都化成了甜美的水晶。

因相聚而痛苦的人，离别最好，雾散云消后看见了开阔的蓝天。

可以因缘离散，对处在苦难中的人，有时候正是生命的期待与盼望。

聚与散、幸福与悲哀、失望与希望，假如我们愿意品尝，样样都有滋味，样样都是生命中不可或缺的。

当年弘一大师高僧，晚年把生活与修行统合起来，过着随遇而安的生活。有一天，他的老友夏丏尊来拜访他，吃饭时，他只配一道咸菜。

夏丏尊不忍地问他："难道这咸菜不会太咸吗？"

"咸有咸的味道。"弘一大师回答道。

吃完饭后，弘一大师倒了一杯白开水喝，夏丏尊又问："没有茶叶吗？怎么喝这平淡的开水？"

弘一大师笑着说："开水虽淡，淡也有淡的味道。"

我觉得这个故事很能表达弘一大师的道风，夏丏尊因为是弘一大师青年时代的好友，知道弘一大师在李叔同时代，有过歌舞繁华的日子，故有此问。弘一大师则早就超越了咸淡的分别，这超越并不是没有味觉，而是真能品味咸菜的好滋味与开水的真清凉。

生命里的幸福是甜的，甜有甜的滋味。

情爱中的离别是咸的，咸有咸的滋味。

生活的平常是淡的，淡也有淡的滋味。

我对年轻人说："在人生里，我们只能随遇而安，来什么品味什么，有时候是没有能力选择的。就像我昨天在一个朋友家喝的茶真好，今天虽然不能再喝那么好的茶，但只要有茶喝就很好了。如果连茶也没有，喝开水也是很好的事呀！"

最苦的最美丽

　　每次到台北故宫，我都会绕个弯转去看白玉苦瓜。

　　白玉苦瓜与翠玉白菜都是台北故宫的镇馆之宝，大小均只能盈握，白玉苦瓜美在玉质，温润含蓄；翠玉白菜美在巧思，灵活细致。

　　我更爱白玉苦瓜，常常站在那块玉前面沉思，如果要选出世界上最美的瓜果，非苦瓜莫属。白玉苦瓜只是以一块好玉传神出苦瓜之美，真正的苦瓜若摆在故宫的橱窗，它的美也令人屏息。

奇妙的是，世界上最美的瓜，也是世界上最苦的瓜！

其中，是不是隐含了深深的禅意呢？

苦瓜不只是瓜美，它是从初生一直到老枯，都是一路美到绝处的。

我的父亲曾种过苦瓜田，一甲地上全架了竹棚。新生的苦瓜藤，生长的速度有如奔云，一路上往竹棚飞跑；大如手掌的绿叶追赶着触须，很快就占满了棚架。

开花的时候到了，整个棚架在一夕之间，全被鹅黄色的花占满，满满一架的苦瓜花，在晨风中摇动美丽的手掌。站在花下望着的孩子，总是为那种美昏眩。

每天都去看苦瓜，看见从花的尾部拉出一条瘦如小指的瓜，瓜上还有纤纤的绒毛，顶部的花也不落去，仿佛小苦瓜还撑着黄伞，躲避南台湾的烈阳。

美丽的苦瓜成形了，如同白玉长出了结子，玛瑙生出了天眼，像佛头一样的肉髻，布满整颗瓜。清晨上学的时候，穿过苦瓜棚，走上乡间的小路，每条苦瓜上都有晶莹的露水，更显露了透明、温润的美。

瓜期过了，瓜棚上的叶子迅速萎落，只留下千回百转的瓜藤。妈妈会在有月光的晚上，剪断瓜藤，把它塞进玻璃瓶里，隔了一天一夜，每一棵苦瓜藤都会流下几滴眼泪，把那些眼泪凑成一整瓶，就是珍贵无比的"苦瓜霜"，听说是美容圣品，比西瓜霜还要清凉美白。

这就是苦瓜的身世了，它的一生几乎是为美而存在的，花、果、藤蔓，甚至是最后的几滴血泪，都毫无顾惜地献给人间了。

我从小嗜吃苦瓜，不只是苦瓜的滋味深长，也是感动于苦瓜的身世，更是觉得苦瓜的一生充满了禅意。

最美丽的瓜是最苦的！

对于追求人生美好的人，是不是也要有苦的准备与耐苦的内涵呢？

一生为奉献而存在的苦瓜，正如同为慈悲而存在的菩萨一样。

菩萨把头目骨血布施人间，那是因为他深深了解生命的苦楚。给出一切美好的，独饮生命的苦汁。

我很喜欢关于苦瓜的一个寓言：

一群要出发朝圣的弟子，去向师父拜别。

师父送给他们一个苦瓜，对他们说："你们带着这个苦瓜去朝圣，进了大殿，把苦瓜供在案上，接受礼拜，沐浴圣水，也用圣水为苦瓜清洗。朝圣结束后，把苦瓜带回来！"

弟子们走了很长的朝圣之旅，一路抱着那个苦瓜，觉得苦瓜也神圣起来了。

终于回到寺庙，大徒弟双手捧着苦瓜拜见师父："师父！我们朝圣回来了，照您的吩咐，这个苦瓜已接受了无数的礼拜，沐浴了许多的圣水，现在，怎么处理这个苦瓜呢？"

师父说："把它煮了当晚餐吃！"

当夜，师徒一起吃了那条苦瓜。师父吃了一口，感慨地说："这苦瓜，走完了朝圣之途，沐浴了圣水，接受了礼拜，滋味还是一样的苦呀！"

传说，有几位弟子当场就开悟了。

这苦谛的人生呀！不管透过什么，透过灵命双修或透过灯红酒绿；不管走过什么，走过权势名利或走过潦落暗淡；不管穿过什么，穿过文史哲学或穿过酒色财气……人生本质的苦都不会改变。在棚架的苦瓜，放在富豪的餐宴，与鱼翅燕窝同席，或放在穷人的饭桌，与白菜豆腐共枕，滋味都是一样的苦呀！

在苦中行走的人，只有专注地前进，在苦中不失去美好的心情、朝圣的心情，才能体会其中的深意。

想到苦瓜，我就想到从前穿越槟榔林、柠檬园、辣椒田的情景。

台东的槟榔林开花了，香闻数里，令人清醒，谁会想到那令人迷醉的果子，是来自如此清沁而芬芳的花呢？

高雄内门的数家柠檬园开花，我们去找住在园中的堂哥，被柠檬花的香甜熏得就像泡入整桶的香油之中。谁又能想象那酸至极点的果子，是由甜香至顶点的花所结成？

彰化田尾的一片红艳，使我忍不住停车驻足，原来是一片辣椒田。无数的辣椒红艳一片，再美的花都会为之逊色。谁又能想到，那些辣得令人喷火浸汗的朝天椒，竟有如此美丽的前世呢？

酸甜苦辣，都有深刻的寓意呀！

我站在那个白玉苦瓜之前凝思，如果生命能切入千古中的一瞬，苦、集、灭、道，也是无分别的事！

失恋之必要

这些年来，我时常思考到爱与恨的问题。因此，收到你的来信感到特别心惊，你说到连续谈了三场恋爱，被三个不同的男人抛弃，感到每一次谈恋爱的感觉愈来愈淡薄，每一次被抛弃则愈来愈恨。

第一次失恋，你的感受是：真恨！真想报复他！

第二次，你进一步谈到：我一定要想办法报复！

第三次的时候，你的心喷出这样的火焰：我要杀死他！

读了你的信，使我在暗夜的庭院中再三徘徊，抬头看着远天的星星，月光如洗，呀！这世界原是这样美好，为什么人的心中要充满恨意来生活呢？由于怀恨，我们的心眼昏眠，就看不见世间一切的好，自然也看不到自己在这里面的角色了。

我们时常谈到爱恨，但很少有人去深思爱恨的问题。我现在用佛经的观点来看看爱恨，在南传的《法句经》里，把爱分成四个转变，也就是四个层次：

一、亲爱——对他人的友情。

二、欲乐——对某一特定对象的爱情。

三、爱欲——建立于性关系的情爱。

四、渴爱——因过分执着以至于痴病的爱情。

这四个层次逐渐加深，也就逐渐产生了苦恼，因此，经上说了一首偈：

从爱生忧患，从爱生怖畏。

离爱无忧患，何处有怖畏？

苦恼生出恐惧，恐惧生出悲哀，悲哀再转为嗔恨。其实如果往前追溯，爱与恨是同一根源，好像手心与手背一样，所以，佛陀说：爱可生爱，亦可生恨；恨能生恨，亦能生爱。

什么是恨呢？经典里把忿、恨连在一起，说它们是五种障道的力量，也是十种小随烦恼的两种：忿、恨之意，对有情、非情产生愤怒之心；恨，于忿所缘之事，数数寻思，结怨不舍。五种障道之力是欺、怠、嗔、恨、怨，欺能障信，怠能障进，嗔能障念，恨能障定，怨能障慧。

那么，像忿、恨、恼、嫉、害则是以嗔为体，嗔与贪、痴合称为"三毒"。贪与痴加起来产生嗔，所以嗔是心的最大障碍。《大智度论》里说："嗔恚其咎最深，三毒之中，无重此者；九十八使中，此为最坚；诸心病中，第一难治。"

好了，现在我们知道爱欲与嗔恨的本质是相通的，我们可以来思考一些有趣的问题。一是爱虽然会转为恨，却不一定会转为恨，也可以说，失恋会使一些人意志消沉、愤恨难平，却也能使另外一些人更懂得去爱，开发更广大的胸怀，不幸的，你是属于前者。二是爱恨虽能束缚我们，它只是心的感受，犹如波浪之于大海，其中并没有实体，是缘起缘灭罢了，可叹的是，大部分人不能随缘，反而缘起即住，爱的时候沉溺在爱里，恨的时候沉沦于恨中。

一般人在爱恨的时候很少有检验的精神，很少反观这情绪的变化，因此难以革新与创发。久而久之，爱恨遂成为一种模式。

"由爱生恨"是最固定的模式，我们从小就被教育了这种模式。我们在电视、小说、电影里学习这种模式，在亲戚朋友身上感受这种模式，反映到真实生活里，我们在爱情失败时，随之而起的便是恨，没有一个例外。我把这种叫作"模式反应"，那有点像蚊子从我们眼前飞过，它不一定会伤害我们，但我们会下意识地举手去扑杀它一样。

如果不是"模式反应"，为什么千百万人失去爱的时候都反射出恨呢？那是不是人性的真实呢？我有一个朋友说过，欧洲人与美国人失恋，所带来的恨意就比中国人或日本人淡薄得多，大部分西方人在失恋、离婚之后都能与从前的伴侣做朋友，那是他们的模式反应，没有像我们一样。

为什么我要和大部分人一样，失恋就憎恨呢？可不可以做一个卓然的人，失恋也不恨呢？

失恋的恨是由于两个原因，一是认为失恋是坏事，二是我们沉沦于过去的觉受。

我曾经在笔记上写了两句话："为了爱，失恋是必要的；为了光明，黑暗是必要的。"

这就好像，如果我们不饥饿，就无法真正享受食物；如果我们不生病，就不知道健康的可贵；如果我们不年老，青春对我们就没有意义；如果我们要种莲花，没有烂泥巴是不行的……

失恋不是坏事，春天过了就是夏天，秋天过了就是冬天，这是必然的过程。我们热爱春秋，但并不能阻挡炎热与寒冷的来临；我们热爱莲花、玫瑰、金盏花、紫丁香，但我们不能使它们不凋零。

我们不喜欢凋零，然而，凋零是一种必然。

过去不能让它过去，未来不愿等待未来是人生最大的悲剧。其实，再怎么好的恋爱，每天都是不同的，我们甚至无法维持对一个人的爱，从早上到晚上都保有同一品质。也就是说，再好的爱都会失去，会成为过去式。

我们之所以为失恋烦恼，是因为我们不愿面对此刻、融入此刻，老是沉湎于过去。可叹的是沉湎于过去的人会失去生的乐趣、失去发现的乐趣、失去创造的可能、失去爱的能力。如果我们愿意走出来，就会发现就在此刻、就在门外，就有许多值得爱的人、许多值得爱的事物。

当然，不只是许多人值得爱，也有许多人等着爱我，只是我关在过去的枷锁里，他们没有机会来爱我吧！我要得到更好、更珍贵、更真实的爱，首先是使我的心得到自由。

看你满腹烦恼、满脸愤恨、满脑子报复之思，就算有这世界上最好的对象，也会被你错过了呀！

让我们一起来做一些创造性的工作，每天清晨起来，把昨天的爱恨全部放下，从零出发，对着镜子好好展现一个最美的笑靥吧！然后梳妆打扮（从心里的庄严开始），把自己最好的、最有魅力的那一面提起来，挺胸抬头走出门外，那才是今天的你、此刻的你，既然你认为自己是善良而美丽的，为什么不把善良和美丽表现出来呢？

如果是我，使我动心的异性，是那些有生机、有活力，能微笑着走在风里的人，而不是怀忧丧志，满腹愤恨的人呀！

我说的这些都不是空话，而是我自己的体验，是我的开发与创造，说来你也许难以相信，我很感激那些从前抛弃过我的人，如果没有她们，就不会造就今天的我呀！

那些没有经过监狱的悲惨的人，不会懂得外面的世界是多么值得欢喜与感恩；你现在知道心灵监狱的悲惨，一旦你走了出来，就可以知道生命确是值得欢舞和庆祝的。

不要哭了，不要恨了，当你停止哭泣与怀恨的那一刻，我在你的脸上看到春天的光辉，那时，你是多么美，像一朵金盏花在清晨的阳光下温柔地开放。

虽然我没有见过你，但我真的看见了你转化恨意之后，脸上流转的光辉。

生命的化妆

　　我认识一位化妆师，她是真正懂得化妆而又以化妆闻名的。对于这生活在与我完全不同领域中的人，我增添了几分好奇。因为在我的印象里，化妆再有学问，也只是在皮相上用功，实在不是有智慧的人所应追求的。

　　因此，我忍不住问她："你研究化妆这么多年，到底什么样的人才算会化妆？化妆的最高境界到底是什么？"

　　对于这样的问题，这位年华已逐渐老去的化妆师露出一个深深的微笑。她说："化妆的最高境界可以用两个字形容，就是'自然'。最高明的化妆术，是经过非常考究的化妆，让人看起来好像没有化过妆一样，并且，这化出来的妆与主人的身份匹配，能自然表现那个人的个性与气质。次级的化妆是把人突显出来，让她醒目，引起众人的注意。拙劣的化妆是一站出来别人就发现她化了很浓的妆，而这层妆是为了掩盖自己的缺点或年龄的。最坏的一种化妆，是化过妆之后扭曲了自己的个性，又失去了五官的协调，例如，小眼睛的人竟画了浓眉，大脸蛋的人竟化了白脸，阔嘴的人竟化了红唇……"

没想到，化妆的最高境界竟是无妆，竟是自然。这可使我刮目相看了。

化妆师看我听得出神，继续说："这不就像你们写文章一样？拙劣的文章常常是词句的堆砌，扭曲了作者的个性。好一点的文章是光芒四射，吸引了人的视线，但别人知道你是在写文章。最好的文章，是作家自然的流露。他不堆砌，读的时候不觉得是在读文章，而是在读一个生命。"

多么有智慧的人呀！可是，"到底做化妆的人只是在表皮上做功夫呀！"我感叹地说。

"不对的，"化妆师说，"化妆只是最末的一个枝节，它能改变的事实很少。深一层的化妆是改变体质，让一个人改变生活方式，睡眠充足、注意运动与营养，这样她的皮肤改善、精神充足，比化妆有效得多。再深一层的化妆是改变气质，多读书、多欣赏艺术、多思考、对生活乐观、对生命有信心、心地善良、关怀别人、自爱而有尊严，这样的人就是不化妆也丑不到哪里去。脸上的化妆只是化妆最后的一件小事。我用三句简单的话来说明：三流的化妆是脸上的化妆，二流的化妆是精神的化妆，一流的化妆是生命的化妆。"

化妆师接着做了这样的结论："你们写文章的人不也是化妆师吗？三流的文章是文字的化妆，二流的文章是精神的化妆，一流的文章是生命的化妆。这样，你懂化妆了吗？"

我为这位女性化妆师的智慧而起立向她致敬，深为我最初对化妆师的观点感到惭愧。

　　告别了化妆师，回家的路上我走在黑夜的地表，有了这样深刻的体悟：这个世界的一切表象都不是独立自存的，一定有它深刻的内在意义。那么，改变表象最好的方法，不是在表象下功夫，一定要从内在改革。

　　可惜，在表象上用功的人往往不明白这个道理。

狗的享受

路过家附近的一家银行，发现门口或坐、或趴着五条狗。这五条狗原来是在市场附近的野狗，我认识的，它们本来各据一处，怎么会同时坐在银行前面呢？银行对狗的价值应该还不如路边的面摊，为什么狗不去蹲面摊，而要来蹲银行呢？我感到十分好奇。

更使我好奇的是，这五条狗的脸上都流露出非常满足的神情。于是，我站在那里研究狗为什么这么满足，为什么整条街都不去，偏偏聚在银行的门口。

十分钟以后，我找到答案了。因为银行的冷气开得很强，又是自动门，进出者众，每每有人出入，里面的冷气就会一阵阵被带出。那些狗是聚在银行门口享受冷气呢！

七月，中午，台北，有冷气真享受，连狗也知道。

台北秘籍

与朋友去信义路和基隆路口新开的诚品书店看书，无意间发现一张《台北书店地图》。

地图以浅咖啡色做底，仿佛一页撕下的线装书页，非常淡雅，一张一百元。看到这张地图，我真是开心极了，台北有这么多书店，台北还是很可爱的。

想到不久前在欧克斯家具店找到的《台北东区市街图》，我想，或者可以出版一本书，书里全是分门别类的地图，例如《咖啡店地图》《书廊地图》《名牌服饰地图》《茶艺馆地图》《花店地图》《古董店地图》《餐厅地图》，等等。

对了，或者可以有一张《特殊商店地图》。例如，后火车站有一家很大的"线庄"，历史悠久，只卖各色的针线；基隆路有一家"大蒜专卖店"，只卖各种大蒜的制品；统领百货巷内有一家只卖天然茶的店，好像叫"小熊森林"；松山有一家只卖普洱茶叶的"普洱茶专卖店"……

这些地图可以让我们看出台北的好。

是不是可以邀请许多艺术家，每一位为台北绘一张这样的地图，让初到台北的人也能知道，台北有许多特色，是不逊于欧洲的。

这样一本地图，书名可以叫作"台北秘籍"，副题是"专供初到台北的武林人士在午后秘密修炼"。

呀！想想就很开心。

坐火车的莲花

逛完书店，散步回家，惊奇地发现家门口有一株玫瑰和四朵宝蓝色莲花，靠在门上，站立着。

花里夹着一张便条。

原来是一位住在中坜的朋友送的。他从中坜火车站搭车到基隆去看女朋友，看到花店，想买一朵玫瑰花送给女朋友。进了花店，看到四朵宝蓝色莲花，他便联想到我，觉得顺路到松山，先把莲花送我，再到基隆送玫瑰给女友，行程就很完美了。

他在松山下车，步行到我家，原本要放了花就走，但大厦管理员对他说："林先生有黄昏散步的习惯，又穿拖鞋短裤，很快就会回来了。"结果我去逛书店，他在门口枯等许久，一直到天黑才离去。

至于那朵要送他女朋友的玫瑰，算算时间，去基隆太晚了，于是就"附赠女友的玫瑰一朵"，他就回中坜去了。

朋友那封短笺，里面有格言似的留话："在这个世间，只要不会伤害别人的事，想做什么，就立刻去做吧。"

我把莲花和玫瑰插在花瓶里，心想，有些朋友真像花园中的花突然绽放，时常令人惊喜，下次也要想个什么方法，让他惊喜一下，或者两三下。

条纹玛瑙

暑假到了，离开台湾的朋友纷纷回来过暑假。

一个朋友从美国马里兰回来，特地来看我，送了一个沉重的东西给我，说："送你一块石头，不成敬意。"

打开，是一块条纹玛瑙，大如垒球，有一公斤重，上半部纯红，下半部红、黄、白、绿条纹相间，真的是美极了。

"真是谢谢你！"我诚挚地说，企图掩藏心里的狂喜。朋友是腼腆的人，我担心没有掩饰的惊喜会吓到他，所以就刻意淡化了内心的欢喜。

朋友走了，我在书房里抱着那块条纹玛瑙，高呼万岁，不是因为它的昂贵，而是因为它的美，还有超越时空的友谊。

埔里荔枝

在埔里等候"国光"号的车北上，尚有二十分钟，我就在车站附近逛逛。

我看到一家水果行，想到埔里的特产是荔枝和甘蔗，便买了一株甘蔗、十斤荔枝，真不敢相信甘蔗和荔枝都是一斤二十五元，几天前在台北买荔枝，一斤六十元。

"国光"号上，先吃了荔枝，是子细肉肥的品种，鲜美极了。

然后吃甘蔗，脆嫩清甜，名不虚传，果然是埔里甘蔗。

回到台北，齿颊仍留着香气，四小时的车程，仿佛只是刹那。

处处莲花开

生命里有许多正向时刻，也有许多负向时刻。一个人快乐的秘诀，便是抓住正向的时刻，使它更充盈；转化负向的时刻，使它得到清洗。

有人对我们深深地微笑；乡间道上的油麻菜开花了；炎热的夏天午后突来了阵雨和凉风；一只凤蝶突然飞过窗边；在公园里偶然看见远天的彩虹；读了一本好书、听了一段动听的音乐……

每天，有一些正向的时光，便有好心情走向明天；时时有正向的时刻，生命便无限美好。日日是好日，处处莲花开。

清欢

少年时代读到苏轼的一阕词，非常喜欢，到现在还能背诵：

细雨斜风作小[1]寒，淡烟疏柳媚晴滩。

入淮清洛渐漫漫，雪沫乳花浮午盏。

蓼茸蒿笋试春盘，人间有味是清欢。

这阕词，苏轼在旁边写着"元丰七年十二月二十四日，从泗州刘倩叔游南山"。原来是苏轼和朋友到郊外去玩，在南山里喝了浮着雪沫乳花的小酒，配着春日山野里的蓼菜、茼蒿、新笋以及野草的嫩芽等，然后自己赞叹着："人间有味是清欢。"

当时所以能深记这阕词，最主要的是爱极了后面这一句，因为试吃野菜的这种平凡的清欢，才使人间更有滋味。"清欢"是什么呢？清欢几乎是难以翻译的，可以说是"清淡的欢愉"，这种清淡的欢愉不是来自别处，正是来对平静的、疏淡的、简朴的生活的一种热爱。当一个人可以品味出野菜的清香胜过了山珍海味，或者一个人在路边的石头里看出了比钻石更引人的滋味，或者一个人听林间鸟鸣的声音感觉比提笼遛鸟更感动，或者甚至于体会出静静品一壶乌龙茶比在喧闹的晚宴中更能清洗心灵……这些就是"清欢"。

清欢之所以好，是因为它对生活的无求，是因为它不讲求物质的条件，只讲究心灵的品味。"清欢"的境界是很高的，它不同于李白的"人生在世不称意，明朝散发弄扁舟"那样的自我放逐，或者"人生得意须尽欢，莫使金樽空对月"那种尽情的欢乐。它也不同于杜甫的"人生有情泪沾臆，江水江花岂终极"这样悲痛的心事，或者"人生不相见，动如参与商。今夕复何夕，共此灯烛光"那种无奈的感叹。

我们活在这个世界上，有千百种人生，文天祥的是"人生自古谁无死，留取丹心照汗青"，我们很容易体会到他的壮怀激烈。欧阳修的是"人生自是有情痴，此恨不关风与月"，我们很能体会到他的绵绵情恨。纳兰性德的是"人到情多情转薄，而今真个悔多情"，我们也不难会意到他无奈的哀伤。甚至于像王国维的"人生只似风前絮，欢也零星，悲也零星，都作连江点点萍"！

可是"清欢"就难了！

尤其是生活在现代的人，差不多是没有清欢的。

①一作"晓"——编者注

你说什么样是清欢呢？我们想在路边好好地散个步，可是人声车声不断地呼吼而过，一天里，几乎没有纯然安静的一刻。

我们到馆子里，想要吃一些清淡的小菜，几乎是杳不可得。过多的油、过多的酱、过多的盐和味精已经成为菜的特色，端出来时让人吓一跳，因为菜上挤的调料比菜还多。

我们有时没有什么事，当时的心情只适合和朋友去啜一盅茶、饮一杯咖啡。可惜的是，心情也有了，朋友也有了，就是找不到地方，有茶有咖啡的地方总是嘈杂的，而且难以找到一边饮茶一边观景的处所。

俗世里没有清欢了，那么到山里去吧！到海边去吧！但是，山边和海湄也不纯净了，凡是人的足迹可以到的地方就有了垃圾，就有了臭秽，就有了吵闹！

有几个地方我以前常去，像阳明山的白云山庄，叫一壶兰花茶，俯望着台北盆地里堆叠的高楼与人欲，自己饮着茶，可以品到茶中有清欢。像在北投和阳明山间的山路边有一个小湖，湖畔有小贩卖工夫茶。小小的茶几、藤制的躺椅。独自开车去，走过石板的小路，叫一壶茶，在躺椅上静静地靠着，有时湖中的荷花开了，真是惊艳一山的沉默。有一次和朋友去，两人在躺椅上静静喝茶，一下午竟说不到几句话，那时我想，这大概是"人间有味是清欢"了。

现在这两个地方也不能去了，去了只有伤心。湖里的不是荷花了，是漂荡着的汽水罐子；池畔也无法静静躺着，因为人比草多，石板也被踏损了。到假日的时候，走路都很难不和别人推挤，更别说坐下来喝口茶；如果运气更坏，会遇到呼啸而过的飞车党，还有带伴唱机来跳舞的青年，那时所有的感官全部电路走火，不要说清欢，连欢也不剩了。

要找清欢就一日比一日更困难了。

我当学生的时候，有一位朋友住在中和圆通寺的山下，我常常坐着颠簸的公车去找她，两个人便沿着上山的石阶，漫无目的地，走走、坐坐、停停、看看。那时圆通寺山道石阶的两旁，杂乱地长着朱槿花。我们一路走，顺手拈下一朵熟透的朱槿花，吸着花朵底部的花露，其甜如蜜而清香胜蜜，轻轻地含着一朵花的滋味，心里遂有一种只有春天才会有的欢愉。

圆通寺是一座全由坚固的石头砌成的寺院，那些黑而坚强的石头坐在山里仿佛一座不朽的城堡。绿树掩映，清风徐徐，我们站在用石板铺成的前院里，看着正在生长的小市镇，那时的寺院是澄明而安静的，让人感觉走了那样高的山路，能在那平台上看着远方，就是人生里的清欢了。

后来，朋友嫁人，离开了台湾。我去了一趟圆通寺，山道已经开辟出来，车子可以环山而上，小山路已经很少人走了。就在寺院的门口摆着满满的摊贩，有一摊是儿童乘坐的机器马，叽里咕噜的童歌震撼半山；有两摊是打香肠的摊子，烤烘香肠的白烟正往那古寺的大佛飘去，有一位母亲因为不准她的孩子吃香肠而揍打着两个孩子，激烈的哭声尖亢而急促……我连圆通寺的寺门都没有进去，就沉默地转身离开。山还是原来的山，寺还是原来的寺，为什么感觉完全不同了？失去了什么吗？失去的正是清欢。

下山时的心情是不堪的，想到星散的朋友，心情也不是悲伤，只是惆怅，浮起的是一阕词和一首诗。词是李煜的："高楼谁与上？长记秋晴望。

往事已成空，还如一梦中！"诗是李觏的："人言落日是天涯，望极天涯不见家。已恨碧山相阻隔，碧山还被暮云遮。"那时正是黄昏，在都市烟尘蒙蔽了的落日中，真的看到了一种悲剧似的橙色。

我二十岁，心情很坏的时候，就跑到青年公园对面的骑马场去骑马。那些马虽然因驯服而动作缓慢，却都年轻高大，有着光滑的毛色。双腿用力一夹，它也会如箭一般呼啸着向前蹿去，急遽的风声就从两耳掠过。我最记得的是马跑的时候，迅速移动着的草的青色，青茸茸的，仿佛饱含生命的汁液。跑了几圈下来，一切恶的心情也就在风中、在绿草里、在马的呼啸中消散了。

尤其是冬日的早晨，勒着缰绳，马就立在当地，踢着长腿，鼻孔中冒着一缕缕白气。那些气可以久久不散，当马的气息在空气中消弭的时候，人也好像得到某些舒放了。

骑完马，到青年公园去散步，走到成行的树荫下，冷而强悍的空气在林间流荡着，可以放纵地、深深地呼吸，品味着空气里所含的元素，那元素不是别的，正是清欢。

最近有一天，突然想到了骑马，已经有十几年没骑了。到青年公园的骑马场时差一点没吓晕，原来偌大的马场里已经没有一根草了，一根草也没有的马场大概只有台湾才有。马跑起来的时候，灰尘滚滚，弥漫在空气里的尽是令人窒息的黄土，蒙蔽了人的眼睛。马也老了，毛色斑驳且失去光泽。

最可怕的是，不知道什么时候在马场搭了一个塑胶棚子，铺了水泥地，其丑无比，里面则摆满了机器的小马，让人骑用，其吵无比。为什么为了些微的小利，而牺牲了这个马场呢？

马会老是我知道的事，人会转变是我知道的事，而在有真马的地方放机器马，在马跑的地方没有一株草则是我不能理解的事。

就在马场对面的青年公园，那里已经不能说是公园了，人比西门町还拥挤吵闹，空气比咖啡馆还坏，树也萎了，草也黄了，阳光也照不灿烂了。我从公园穿越过去，想到少年时代的这个公园，心痛如绞，别说清欢了，简直像极了佛经所说的"五浊恶世"！

生在这个时代，为何"清欢"如此难觅？眼要清欢，找不到青山绿水；耳要清欢，找不到宁静和谐；鼻要清欢，找不到干净空气；舌要清欢，找不到蓼茸蒿笋；身要清欢，找不到清凉净土；意要清欢，找不到智慧明心。如果你要享受清欢，唯一的方法是守在自己小小的天地，洗涤自己的心灵，因为在我们拥有越多的物质世界，我们的清淡的欢愉就越日渐失去了。

现代人的欢乐，是到油烟爆起、卫生堪虑的啤酒屋里去吃炒蟋蟀；是到黑天暗地、不见天日的卡拉OK中去乱唱一气；是到乡村野店、胡乱搭成的土鸡山庄去豪饮一番；是到狭小的房间里做方城之戏，永远重复着一个摸牌的动作……这些污浊的放逸的生活以为是欢乐，想起来其实是可悲的事。为什么现代人不能过清欢的生活，反而以浊为欢、以清为苦呢？

当一个人以浊为欢的时候，就很难体会到生命清明的滋味了，而在欢乐已尽、浊心再起的时候，人间就越来越无味了。

这使我想起东坡的另一首诗来：

梨花淡白柳深青，柳絮飞时花满城。

惆怅东栏一枝雪，人生看得几清明？

苏轼凭着东栏看着栏杆外的梨花，满城都飞着柳絮时，梨花也开了遍地，东栏的那株梨花却从深青的柳树间伸了出来，仿佛雪一样地清丽，有一种惆怅之美。但是，人生，看这么清明可喜的梨花能有几回呢？这正是千古风流人物的性情，这正是清朝大画家盛大士在《溪山卧游录》中说的："凡人多熟一分世故，即多生一分机智。多一分机智，即少却一分高雅。""'山中何所有？岭上多白云，只可自怡悦，不堪持赠君。'自是第一流人物。"

第一流人物是什么人物？

第一流人物是在清欢里也能体会人间有味的人物！

第一流人物是在尘世间，也能找到清欢的滋味的人物！

一生一会

我喜欢茶道里关于"一生一会"的说法。

意思是说，我们每次与朋友对坐喝茶，都应该生起很深的珍惜，因为一生里能这样喝茶，可能只有这一回，一旦过了，就再也不可得了。

一生只有这一次聚会，一生只有这一次相会，使我们在喝茶的时候，会沉入一种疼惜与深刻，不至于错失那最美好的因缘。

生命虽然无常，但并不至于太短暂，与好朋友也可能常常对坐喝茶，但是每一次的喝茶都是仅有的一次，每一回相会都和过去、未来的任何一次不同。

"有时，人的一生只是为了某一个特别的相会。"这是我喜欢的写了送给朋友的句子。

与喜欢的人相会，总是这样短暂。可是，为了这短暂的相会，我们已经走过人生的漫漫长途，遭受过数不清的雪雨风霜，好不容易，熬到这样的寒夜里，和知心的朋友深情相会。仔细思索起来，从前那走过的路途，不都是为这短短的数小时做准备吗？

这深情的一会，是从前四十年的总成。

这相会的一笑，是从前一切喜乐悲辛的大草原，开出的最美的花。

这至深的无言，是从前有意义或无意义的语言之河累积成的一朵洁白的浪花。

这眼前的一杯茶，请品尝，因为天地化育的茶树，就是为这一杯而孕生的呀！

我常常在和好朋友喝茶的时候，心里就有了无边的想象，然后我总是试图把朋友的面容一一收入我记忆的宝盒，希望把他们的言语、眼神、微笑全部收藏起来，生怕在曲终人散之后，再也不会有相同的一会。

"一生一会"的说法是有点幽凄的，然而在幽凄中有深沉的美，使我们对每一杯茶、每一个朋友，都愿意以美与爱来相付托、相赠予、相珍惜。

不只喝茶是"一生一会"的事，在广大的时空中、在不可思议的因缘里，与有缘的人会面，都是一生一会的。如果有了最深刻的珍惜，纵使会者必离，当门相送，也可以稍减遗憾了。

因此，茶道的"一生一会"，说的不只是相会之难，而是说，若有了最深的珍重与祝福，就进入了道的境界。

天寒露重，望君保重

寂寞秋霜树，

绿红各几枝。

冬来寒气至，

天涯飘零时。

——林清玄

到阳明山看樱花，春日的樱花一片繁华，仿如昨夜未睡的红星携手到人间游玩，来不及回到天上。

在每年樱花盛开的时候，我都会感到恋恋，隔个两三天就会到山上与樱花见面。

我喜欢在樱花林中散步，踩过满地的落英。这人间是多么繁华呀！人间的繁华又是多么容易凋落呀！樱花给我的启示是，不管时间多么短暂，都要把一切的生命用来开放。如果盛放的时刻是美的，凋落时尽管无声，也会留下美的痕迹。

与樱花的相会，让我感觉与樱花的心灵相映，我们的心里保留了天地的爱、保存了美，才能在春风吹抚之前，温柔地点燃。

穿过樱花林，去泡个温泉吧！

阳明山的白温泉，如梦的乳花，使人觉得不似在人间，尤其是坐在露天的温泉土坡上，俯望着小草山，看山间日暮的浓雾迤逦前来，将整片山林包覆。

山是温柔，雾是温柔，樱花是温柔，心是一切温柔的起点，我愿能常葆这一切温柔的心情。

我泡在温泉池里，看着茫茫白雾，突然从心底冒出了一句话："天寒露重，望君保重。"

这是妈妈写信给我，最常用的句子。

我十五岁就离开家乡，在远地的城市读高中，每个星期，妈妈都会写信给我。也许是受日本教育的缘故，妈妈的信有固定的格式，信封上她写的是"林清玄君样"。春天，她常在信末写着"春日平安"；到了冬天，她总是写"天寒露重，望君保重"。

从高中时代到大学毕业，妈妈的问候语从未改变，一直到我装了电话，妈妈才停止写信给我。每年冬天的每个周末，我都期待着接到母亲的信。每当我看到"天寒露重，望君保重"时，内心总会涌起无限的暖流。在这么简短的语言里，蕴藏了妈妈深浓的爱意，爱是弥天盖地的，比雾还浓。

　　与内心深刻的情意相比，文字显得无关紧要，作家想要描摹情意，画家想要涂绘心境，音乐家想要弹奏思想，都只是勉力为之。我们使用了许多复杂的技巧，细致的符号，美丽的象征，丰富的譬喻，到最后才发现，往往最简单的最能凸显精神，最素朴的最有隽永的可能。

　　我们花许多时间建一座殿堂，最终被看见的只是小小的塔尖，在更远的地方，或者连塔尖也不见，只能听到塔里的钟声。

　　"天寒露重，望君保重。"这是母亲给我的生命的钟声，在母亲离世多年以后，还温暖着我，使我眼湿。

　　简单，而有丰沛的爱。

　　平常，而有深刻的心。

　　这是母亲给我的最美好的遗产，她的一生充满着简单生活的美，美在自然、美在简单、美在含蓄。

　　我的文学，也希望，能不断地趋近那样的境界。

　　洗去了一切的尘埃，我带着淡淡的硫黄香气下山。我摇下车窗，让山风吹抚脸颊，山风温柔无语，带着无可言说的芬芳穿过来、穿过去，山樱的红，枫叶的橙，茶花的白，也随山风迎面。

　　"天寒露重，望君保重。"我轻轻朗诵着母亲的话语，感觉这句话就可以供养天地。

　　感觉，在遥远的、如梦的、不可知的仙境的妈妈，也能微笑垂听。

．
．
．

三流的化妆是脸上的化妆，

二流的化妆是精神的化妆，

一流的化妆是生命的化妆。

相思飞舞

宁可死个枫叶的红，

灿烂的狂舞天空，

去追向南飞的鸿雁，

驾着万里的长风。

——朱湘

年年如此，阳明山的花季过了，游山的人变少了。

樱花以烟火爆开的姿势向我们道别。

茶花默默地留下了相约再来的纸片。

杜鹃在春风春雨中含泪说了再见。

去年的菅芒花早就说了珍重，魂魄飘然而去，只在芒草尖上留下了来不及收的旧衣裳。

秋天、冬天、春天那些炫人的花，都夹入了游人的相册之后，有一种美丽的小黄花安静地盛开，它的美和它的安静一样，很少很少被人看见。

相思树的花在春天过到尾声、夏日初起时，全部约定好了似的，全山处处点燃。相思花极温柔的黄与极细致的小，常使人忽略它的存在，但是因为成片成片地开放，相思树又高大，相思花的黄就染遍了山头。

我喜欢找一个相思花围绕的角落，坐在山边等风，风来的时刻，相思的黄花飞舞旋落，飘在我的身上，落在石上，洒在灰黑的地上。

这时，我看见相思花的美不只在树上，地表上留下的印记更为可观。当我们走过铺满了相思花的小径，看到初落的淡黄，昨日的菊黄，更早前的褐黄，我为那些只知在花季赏樱、看杜鹃的人感到可惜。

相思花的美不是静止的，它是动感的，是与天地、风云、土地相呼应的。它是群绿之山头，一点点的黄。风来的时候，旋转舞动地落下；到了地上也不静止，风一动，则哗然奔跑；动静皆宜的美，才显得那么饱满、那么细腻。

是谁把这种树叫相思树呢？是谁把这种花叫相思花呢？叫得真好，也只有这样的花树才当得起"相思"这样美丽的名字。

相思花开，是情人初遇时的心情，霎时触动春天，把天地都点燃了。

相思花舞，是情人充满了感情的舞动。花朵专注于风，才使舞蹈美如飞焰；情人专神于爱，才使相思满盈天地。

相思花谢，是情人心碎的道别，心碎于小径、心碎于巨石、心碎于一切的溪山与河畔。纵使一切都已谢落，只留下了美；纵使一切都已心碎，心上还有昔日的嫩黄。

情人之间的相思，不单属于情人，也是万象的相思。

芒花与秋日相思，以践履旧岁的誓言。

樱花与春风相思，只对春天的爱情忠诚。

雾气与山谷相思，每日徘徊，轻轻地叹息。

候鸟与太阳相思，永远追随着阳光的脚步。

潮汐与月亮相思，朔望都来赴千万年的约会。

…………

这世间有了相思，河流才向下流，云彩才随风飘，山与谷、根与花、雨与河，才形成了世间的共相。

当文学家的心里，总与世上的一切保持着神秘的相思，就如同相思花勾起感受、想法与心情。

一旦文学家停止了对世界的相思，他的文学就死亡了。

在我穿过静谧的山林或喧闹的街市时，总会不期然地听见某些相思的召唤，像是相思花雨突然落在我的头上。

这使我想起一个寓言。从前，有一个失聪的人，每次看人跳舞，都想着："他这样手舞足蹈有什么意义呢？"有一天，他的耳朵被治好了，听见了音乐，再看见舞蹈，不禁流泪叹息："原来舞蹈这么美，没有音乐的舞蹈根本不是舞蹈！"

舞蹈与音乐也如是相思。

当我看到满山的相思花，惊见了广大却隐藏的美。我总希望，或在山林、或在城市的人，都能分享那种美，那深深的、动人的、盈满的、大地的相思。

不只看见舞蹈，也听见音乐。

我似昔人，不是昔人

　　憨山大师有一年冬天读《肇论》，对里面僧肇大师谈到的"旋岚偃岳而常静，江河竞注而不流"感到十分疑惑，心思惘然。

　　又读到书里的一段——有一位梵志，幼年出家，一直到白发苍苍才回到家乡。邻居问梵志说："昔人尚存乎？"梵志说："吾犹昔人，非昔人也。"憨山豁然了悟，说："信乎！诸法本无去来也！"

　　然后，他走下禅床礼佛，悟到无起动之相。揭开竹帘，站立在台阶上，忽然看到大风吹动庭院里的树，飞叶满空，却了无动相。他感慨地说："这就是'旋岚偃岳而常静'呀！"他又看到河中流水，了无流相，说："此'江河竞注而不流'呀！"

　　于是，"去来生死"的疑惑，从这时候起完全像冰雪融化一样，他随手作了一首偈：

死生昼夜，水流花谢。

今日乃知，鼻孔向下。

　　我每一次想到憨山大师传记里的这一段，都会油然地感动不已，它似乎在冥冥中解释了时空岁月的答案。

　　表面上看，山上的旋岚、飘叶、飞云是非常热闹的，但是山本身却是那么安静；河中的水奔流不停，但是河的本质并没有什么改变。人的生死，宇宙的昼夜，水的奔流，花叶的飘零，都像是这样，是自然的进程罢了。

　　这就是为什么梵志白发回乡，对邻居说："我像是从前的梵志，却已经不是以前的梵志了。"

　　岁月在我们的身上毫不留情地写下刻痕。每一次揽镜自照的时候，我们都会慨然发现，我们的面容苍老了，我们的白发增生了，我们的身材改变了。于是，不免要自问："这是我吗？"

　　是呀，这就是从前那个才华洋溢、青春飞扬、对人世与未来充满热切追求的我吗？

　　这是我，因为每一步改变的历程，我都如实地经验。我还记得自己的十岁、二十岁、三十岁，记得一步一步的变迁。

　　然而，这也不是我，因为我的外貌、思想、语言都已经完全改变了。如果遇到三十年前的旧友，他可能完全不认得我，或许，如果我在街上遇见十岁时的自己，也会茫然地错身而过。

　　时空与我，在生命的历程上起着无限的变化，使我感到惘然。

那关于我的，究竟是我吗？不是我吗？

有一次返乡，在我就读过的旗山小学大礼堂演讲，我的两个母校——旗山小学、旗山中学都派了学生来献花，说我是杰出的校友。

演讲完后，遇到了我的一些小学和中学的老师，我简直不敢与他们相认，因为他们都老得不是原来的样子了。当时我就想，他们一定也有同样的感慨吧！没想到从前那个从来不穿鞋上学的毛孩子，现在已经步入中年了。

一位二十年没见的小学同学来看我，紧紧握着我的手说："二十年没见，想不到你变得这么老了！"——他讲的是实话，我们是两面镜子，他看见我的老去，我也看到了他的白发。荒谬的是，我们都确信眼前这完全改变的同学，是"昔人"，却自信自己还是从前的我。

一位小学老师说："没想到你变得这么会演讲呢！"

我想，小时候我就很会演讲，只是国语不标准，因此永远没有机会站上讲台。不断的挫折与压抑的结果就是，我变得忧郁，每次上台说话就自卑得不得了，甚至脸红心跳说不出话来。连我自己都不能想象，二十几年之后，我每年要作一百多次大型演讲，当然，我的老师更不能想象了。

我不只是外貌彻底地改变了，性格、思想也不再是从前的自己。但是，属于童年的我，却是旋岚偃岳、江河竞注，那样清晰、充满动感。

今年过年的时候，我在家里一张被弃置多年的书桌里，找到了童年和少年时代的一些照片，黑白的，泛着岁月的黄渍。

我坐在书桌前，专注地寻索着那些早已在岁月之流中逝去的自己，瘦小、苍白，常常仰天看着远方。

那时在乡下的我们，一面在学校读书，一面帮家里的农事，对未来都有着茫然之感，只知道长大一定要到远方去奋斗，渴望有衣锦还乡的一天。

有一张照片后面，我写着：男儿立志出乡关，学业无成誓不还。那是初中三年级，后来我到台南读高中，大学考了好几次，有一段时间甚至灰心丧志，觉得天下之大，竟没有自己容身的地方。想到自己十五岁就离家了，少年迷茫，不知何往。

还有一张是高中一年级的，背后竟写着：

我是谁？

我从哪里来？

要往哪里去？

在人群里，谁认识我呢？

我看着那些照片，试图回到当时的情境，但情境已渺，不复可追。如果我不写说明，拿给不认识从前的我的朋友看，他们一定不能在人群里认出我来。

坐在地板上看那些照片，竟看到黄昏了，直到母亲跑上来说："你在干什么呢？叫好几次吃晚饭，都没听见。"我说在看从前的照片。"看从前的照片就会饱了吗？"母亲说，"快！下来吃晚饭。"

我醒过来，顺随母亲下楼吃晚饭。母亲说得对，这一顿晚饭比从前的照片重要得多。

这二十年来，我写了五十几本书。由于工作忙碌，很少回乡，哥哥姊姊竟都是在书里与我相见。

有一次，姊姊和我讨论书中的情节，说："你真的经历过这些事吗？"

"是的。"我说。

"真想不到。我的同事都问我，你写的那些是不是真的，我说我也不知道呀！因为我的弟弟十五岁就离家了。"

有时候，我离开台湾也没有通知家里的人。那时在《中国时报》当主编，时常到外地去出差，几乎走遍了半个地球。

亲戚朋友偶尔会问：

"这写埃及的，是真的吗？"

"这写意大利的，是真的吗？"

我的脸上并没有写着我到过的国家，我的眼里也无法映现生命中那些私密经历的历程，因此，到后来连我自己也会问自己："这些都是真的吗？"

如果是假的，为什么如此真实？

如果是真的，现在又在何处呢？

生命的经验没有一段是真的，也没有一段是假的，回想起来，真的是如梦如幻，假的又是刻骨铭心，在走过了以后，真假只是一种认定。

有时候，不肯承认自己四十岁了，但现在的辈分又使我尴尬。早就有人叫我"叔公""舅公""姨丈公""姑丈公"了，一到做了"公"字辈，不认老也不行。

我是怎么突然就到了四十岁呢？

　　不是突然！生命的成长虽然有阶段性，每天却都是相连的。去日、今日与来日，是在喝茶、吃饭、睡觉之间流逝的。在流逝的时候并不特别警觉，但是每一个五年、十年就仿佛是特别湍急的河流，不免有所醒觉。

　　看着两岸的人、风景，如同无声的黑白默片，一格一格地显影、定影，终至灰白、消失。

　　无常之感在这时就格外惊心，缘起缘灭在沉默中，有如响雷。

　　生命会不会再有一个四十年呢？如果有，我能为下半段的生命奉献什么？

　　由于流逝的岁月，似我非我，未来的日子，也似我非我。只有善待每一个今朝，尽其在我地珍惜每一个因缘，并且深化、转化、净化自己的生命。

　　憨山大师觉悟到"旋岚偃岳而常静，江河竞注而不流"的时候，是二十九岁。

　　想来惭愧，二十九岁的时候，我在报馆里当主笔，旋岚乱动，江河散流，竟完全没有过觉悟的念头。

　　现在懂了一点点佛法，体验了一些些无常，观照了一丝丝缘起，才知道要做一个不受人惑的人是多么艰难。幸好，选到了一双叫"菩萨道"的鞋子，对路上的荆棘、坑洞，也能坦然微笑地迈过了。

　　记得胡适先生在四十岁时，曾在照片上自题"做了过河卒子，只好拼命向前"。我把它改动一下——"看见彼岸消息，继续拼命向前"，作为自己四十岁的自勉。

　　但愿所有的朋友，也能一起前行，在生命的流逝、因缘的变迁中，都能无畏，做不受人惑的人。

一步千金

一个青年，二十岁的时候，就因为没有饭吃而饿死了。

他到了阎王爷的面前，阎王从生死簿上查出，这个青年应该有六十岁的年寿，他一生会有一千两黄金的福报，不应该这么年轻就饿死。

阎王心想："会不会是财神把这笔钱贪污掉了呢？"于是，他把财神叫过来质问。

财神说："我看这个人命格里天生的文才不错，如果写文章一定会发达，所以把一千两黄金交给文曲星了。"

阎王又把文曲星叫来问。

文曲星说："这个人虽然有文才，但是生性好动，恐怕不能在文章上发达，我看他武略也不错，如果走武行会较有前途，就把一千两黄金交给武曲星了。"

阎王再把武曲星叫来问。

武曲星说："这个人虽然文才武略都不错，却非常懒惰，我怕不论从文从武都不容易送给他一千两黄金，只好把黄金交给土地公了。"

阎王再把土地公叫来。

土地公说："这个人实在太懒了，我怕他拿不到黄金，所以把黄金埋在他父亲从前耕种的田地里，从家门口出来，只要挖一锄头就挖到黄金了。可惜，他的父亲死后，他从来没有挖过一锄头，就那样活活饿死了。"

最后，阎王判了"活该"，然后把一千两黄金缴库。

这是一个流行的民间故事，里面含有非常深刻的寓意：一个人拥有再大的福报，再多的文才武略，如果不肯踏实勤劳地生活，都是无用的。

同时，还有另一个寓意是：对于肯去实践的人，每一步、每一锄头都值一千两黄金；如果不去实践，就是埋在最近之处的黄金也看不到啊！

其实，这是再简单不过的道理，从前农业社会的人很容易体会到，唯有实践才是唯一的真理，田里的作物是通过不断耕耘实践才一点一滴长成的。空想，或者理论不管多好，都无助于一粒米的成长。

到了现代社会，由于社会的多元，空想的人逐渐增多了，大家总是希望有什么空隙可以不劳而获，有什么方法可以一步登天。那些老老实实工作的人反而被看成傻瓜，只好继续安贫乐道了。

我认识许多在社会中老老实实过日子的人，他们既不知道股票为何物，也不懂得投资置产，时间久了，看到四周许许多多突然暴发的人，心里难免感到不平衡，由于不平衡，也就不安稳了。

例如，我们会听到某人一个晚上请一桌筵席就花了三十几万元。

例如，我们会听到某一个富豪请吃春酒，一请五百桌，数百万元一夜就请掉了。

例如，我们会听到某人包了一架飞机，请亲戚朋友离开台湾去旅行，以炫耀自己的财力。

例如，我们会听到某人到酒店喝酒，放一沓千元大钞在桌上，凡是点烟的、送毛巾的、端盘子的，人人有份，一人赏一千元。

例如，我们会在报纸上看到，一些有钱的人吃完饭一起到赌场消遣，每个人身上都有几千万元。

在这个社会上，确实有许多人一夜花天酒地所挥霍的金钱，正是那些勤劳工作的人一生所能赚到的总和。而可笑的是，那些腰缠万贯的富豪，缴的所得税可能还少过一个职员。

不过，也不必感到悲伤，因为在时间这一点上，是很公平的。花天酒地是一夜，冥想静思也是一夜。花数十万元过一夜，在时间上与听音乐过一夜是平等的，而在心性的快乐与精神的启发上，可能单纯平凡的日子更有益哩。使生命感受到丰盈的，不是欲望的扩张，而是心灵深处的触动；使生命焕发价值的，不是拥有多少财富，而是开发了多深的智慧；使人生充满意义的，不是对某一个目标的奔赴，而是每一步都得到心安与落实。

有钱是很好的，有心比有钱更好。

有黄金是很好的，情感有光芒比黄金更好。

有钻石是很好的，真实的爱比钻石更好。

重如千两的黄金是在生活的每一步里展现的，在眼前的一步，如果没有丰盈的心、细腻的情感、真实的爱，那么再多的黄金也只会成为生命沉重的背负。

除了眼前这一步，当下这一念心，过去的繁华若梦，未来的渺如云烟，都是虚妄而不可把捉的呀！

拥有

　　星云大师退位的时候，许多人都为他离开佛光山而感到惋惜，他说了一段非常有智慧的话，他说：

　　"佛光山，如果要说是属于我的，就是属于我的。因为大自然的一切，小如花草清风，大到山河大地，如果你认为是你的，它就是你的了。

　　"佛光山，如果要说不是属于我的，就不是属于我的。因为不要说佛光山这么大的园林不能为个人拥有，即使是自己的身体也不是自己所拥有的。"

　　这两段话很有智慧，是由于大师真正彻悟地照见了人生的本质。人具有两种本质，一种是极为壮大开阔的，一种又是极端渺小和卑微的。在心念广大的时候，我们可以欣赏一切、涵容一切，可是比照起我们所能欣赏与涵容的事物，我们又显得太渺小了。

　　明了了这一层，一个人对事物的拥有是应该重新来认识的。我们常在心里想着："这是我的房子，这是我的车子，这是我的土地，这是我的财产……这个是我的，那个也是我的。"因为我们拥有太多的东西，所以害怕失去，害怕失去才是痛苦的根源，此所以有了拥有，就有了负担，就不能自在。

到了年老体衰的时候，即使拥有许多东西，但不能享用，也就算失去了；最后两手一摊，不管什么宝贝的东西也握不住了。

在佛经里，所有娑婆世界的一切，都不是用来拥有的，而是用来舍的。一个人舍得下一切则是真正壮大，无牵无挂；一个人拥有一切正是沉沦苦痛的源泉。

我们是入世的凡夫，难以直趋其境，但我们可以训练一种拥有，就是在心灵上拥有，不在物欲上拥有；在精神上对一切好的东西能欣赏、能奉献、能爱，而不必把好的事物收藏成为自己专有。能如此，则能免于物欲上的奔逐，免于对事物的执迷，那么人生犹如宽袍大袖，清风飘飘，何忧之有？

清末才子王国维曾在《红楼梦评论》中说："濠上之鱼，庄、惠之所乐也，而渔父袭之以网罟；舞雩之木，孔、曾之所憩也，而樵者继之以斤斧。若物非有形，心无所住，则虽殉财之夫，贵私之子，宁有对曹霸、韩干之马，而计驰骋之乐，见毕宏、韦偃之松，而思栋梁之用，求好逑于雅典之偶，思税驾于金字之塔者哉？"

说得真是好极了！当人看到鱼只想到吃，看到树就想要砍，看到大画家画的马也想骑，画的松树只想到盖房子……那么，这些人就永远不能拥有鱼的优游、树的雄伟、马的俊逸、松的高奇种种之美，则其所欲弥多，随之苦痛弥甚，还能体会什么真实的快乐呢？

送一轮明月给他

一位住在山中茅屋修行的禅师，有一天趁夜色到林中散步，在皎洁的月光下，他突然开悟了自性的般若。

他喜悦地走回住处，眼见到自己的茅屋遭小偷光顾，找不到任何财物的小偷，要离开的时候才在门口遇见了禅师。原来，禅师怕惊动小偷，一直站在门口等待，他知道小偷一定找不到任何值钱的东西，早就把自己的外衣脱掉拿在手上。

小偷遇见禅师，正感到错愕的时候，禅师说："你走老远的山路来探望我，总不能让你空手而回呀！夜凉了，你带着这件衣服走吧！"

说着，就把衣服披在小偷身上，小偷不知所措，低着头溜走了。

禅师看着小偷的背影走过明亮的月光，消失在山林之中，不禁感慨地说："可怜的人呀！但愿我能送一轮明月给他。"

禅师不能送明月给那个小偷，使他感到遗憾，因为在黑暗的山林里，明月是照亮世界的最美丽的东西。不过，从禅师的口中说出"但愿我能送一轮明月给他"，这口里的明月除了是月亮的实景，指的也是自我清净的本体。自古以来，禅宗大德都用月亮来象征一个人的自性，那是由于月亮光明、平等、遍照、温柔的缘故。找到自己的一轮明月，向来就是禅者努力的目标。在禅师的眼中，小偷是被欲望蒙蔽的人，就如同被乌云遮住的明月，一个人不能自见光明是多么遗憾的事。

禅师目送小偷走了以后，回到茅屋赤身打坐，他看着窗外的明月，进入定境。

第二天，他在阳光温暖的抚触下，从极深的禅定里睁开眼睛，看到他披在小偷身上的外衣，被整齐地叠好，放在门口。禅师非常高兴，喃喃地说："我终于送了他一轮明月！"

明月是可送的吗？这真是有趣的故事。在我们的人生经验里，无形的事物往往不能赠送给别人，例如，我们不能对路边的乞者说："我送给你一点慈悲。"我们只能把钱放在盒子里，因为他只能从钱的多寡来感受慈悲的程度。

我们不能对心爱的人说："我送你一百个爱情。"只能送她一百朵玫瑰。她也只能从玫瑰的数量来推算情感的热度，虽然这种推算往往不能画上等号，因为送玫瑰的人或许比送钻戒的人的爱要真诚而热烈。

同样，我们对于友谊、正义、幸福、平安、智慧等无价的东西，也不能用有形的事物做正确的衡量。我想，这正是人生的困局之一，我们必须时时注意如何以有形可见的事物的奥妙表达所要传递的心灵信息。可悲的是，在传递的过程中常常会有"落差",这种落差常使骨肉至亲反目,患难之交怨愤,恩爱夫妻化离,有情人终于成为俗汉。

这些无形又可贵的情感,与禅的某些特质接近,是"只可意会,不可言传",是"不立文字,教外别传",是"当下即是,动念即乖",是"云在青天水在瓶",是"平常心是道"!

这个世界几乎没有一种固定的方法可以训练人表达无形的东西,于是,训练表达无形情感的唯一方法就是回到自身,充实自己的人格,使自己具备真诚无伪、热切无私的性格,这样,情感就不是一种表达,而是一种流露。

在一个人能真诚流露的时候,连明月也可以送给别人,对方也真的收得到。

我们时时保有善良、宽容、明朗的心性,不要说送一轮明月,同时送出许多明月都是可能的,因为明月不是相送,而是一种相映,能映照出互相的光明。

此所以禅师说:"但愿我能送一轮明月给他!"这是真正人格的馨香,它使小偷感到惭愧,受到映照而走向光明的道路。

伤心渡口

一朵花

在晨光中

坦然开放

是多么从容!

在无风的午后

静静凋落

是多么的镇定!

从盛放到凋谢

都一样温柔轻巧!

春天的午后,阳光晴好。我在书房里喝茶,看着远方阳光落在山林变化的颜色。

　　有一位年轻的朋友来访，开门的时候我吃了一惊，她原来姣好清朗的脸上，好像春天的花园突被狂风扫过，花朵落了一地那样萧索狼藉。

　　我们对坐着，一句话还没有说，她已经泪流满面了。面对这样的情况我除了陪着心酸，总说不出什么话。在抬眼的时候，想起许多许多年前一个午后，我去看另一位朋友，也是未语泪先流的相同画面。

　　有时候，在别人的面影里我们会深刻地看见自己，那时，就会勾动我们久已隐忍的哀伤。

　　这几年，我的感受似乎有点不同了。当我看到有人因为情感受创而落泪的时候，我在心酸里有一种幽微的欣慰。想到在这冷漠无情的社会，每天耳闻的都是物质与感官的波澜，能听到有人为爱情而哭，在某一个层面，真是好事。

　　这样想，听到悲哀的事，也不会在情绪上像少年时代那样容易波动了。

　　我和年轻朋友默默地，对饮着我从屏东海岸带回来的港口茶。港口茶是很奇特的一种茶，它入口的时候又浓又苦，在喝第一杯的时候几乎很难去品味它，要喝了两三杯之后，才感觉到它有一种奥妙的舌香与喉韵，好像乐团里的男低音，或者是萨克斯风，微微地在胸腔中流动。那时才知道，这在南方边地生长的平凡的茶，有着玄远素朴的魅力。

喝到苦处，才逐渐清凉

　　我和朋友谈起，在二十岁的时候，我就喜欢喝茶。那时喜欢茉莉香片或菊花茶，因为看到花在茶杯中伸展，使我有着浪漫的联想。那时如果遇到港口茶，大概是一口也喝不下去。

后来，我喜欢普洱，那是因为喜欢广东茶楼里那种价廉而热闹的情调，普洱又是最耐泡的，从浓黑一直喝到淡薄，总能泡十几回。

前些年，我开始爱喝乌龙。乌龙的水色是其他的茶所不及的。它是金黄里还带一点蜜绿，香味也格外芳醇，特别是产在高山的冻顶乌龙、白毫乌龙、金萱乌龙，好像含孕了山林里的云雾之气，使我觉得人间产了这样美好的茶，怪不得释迦牟尼佛说娑婆世界也是净土了。

住在乡下的时候，我喜欢"碧螺春"和"荔枝红"。前者是淡泊中有幽远的气息，后者好像血一样，有着红尘中的凡思；前者是我最喜欢的绿茶，后者是我最喜欢的红茶。

近两年来，我常常喝生产在坪林山上的"文山包种"和沿着屏东海岸种植的"港口茶"，这两种茶都有一种"苦尽"之感，要品了几杯以后，滋味才缓缓地发散出来。最特别的是，它们有一种在沧桑苦难中冶炼过的风味，使我们喝到苦处，才逐渐清凉。

这有一点像是人生心情中的变化，朋友边喝港口茶，边听我谈起喝茶的感受，她的泪逐渐止住了，看着褪色的茶汤，问："那么，你的结论是什么？"

"我没有结论！"我说，"对于情感、喝茶、人生等，没有结论正是我的结论！"

那就像许多会喝茶的人都告诉我们，喝茶的方法、技巧、思想，乃至于茶中的禅思等，可是别人不能代我们喝茶，而喝茶到最后还原到一个单纯的动作，就是把水烧开，冲出茶汤，喝下去！

许多曾受过情感折磨的人，他们有许多经验、方法，乃至智慧，告诉我们应该如何对待感情的失落。可是他们不能代我们受折磨，失恋到最后只还原到一个单纯的动作，就是让事情过去，自己独饮生命的苦水，并品出它的滋味！

这苦瓜竟然没有变甜！

我很喜欢一则关于苦瓜的故事：

有一群弟子要出去朝圣。

师父拿出一个苦瓜，对弟子们说："随身带着这个苦瓜，记得把它浸泡在每一条你们经过的圣河里，并把它带进你们所朝拜的圣殿，放在圣桌上供养，并朝拜它。"

弟子们走过许多圣河圣殿，并依照师父的教言去做。

回来以后，他们把苦瓜交给师父。师父叫他们把苦瓜煮熟，当作晚餐。

晚餐的时候，师父吃了一口，然后语重心长地说："奇怪呀！泡过这么多圣水，进过这么多圣殿，这苦瓜竟然没有变甜。"

这真是一个动人的教化。苦瓜的本质是苦的，不会因圣水圣殿而改变；情爱是苦的，由情爱产生的生命本质也是苦的。这一点即使是修行者也不可能改变，何况是凡夫俗子！意思是，我们这些尝过情感与生命的大苦的人，并不能告诉别人失恋是该欢喜的事，因为它就是那么苦，这一层是永不会变的。可是不吃苦瓜的人，永远不会知道苦瓜是苦的。"现在，你煮熟了这根苦瓜，当你吃它的时候，你终于知道是苦的了，但第一口苦，第二、第三口就不会那么苦了！"当我讲完了故事后，这样告诉朋友。

她苦笑着，好像正在品尝那个洗过圣水、进过圣殿的苦瓜的味道。

"当我们失恋的时候，如果有人告诉我们，生命里有比失恋更苦更难的承受，我们真的很难相信，就像鱼缸的鱼不能想象海上的狂涛一样。等到我们经历了更多的沧桑巨变，再回来一看，失恋，真的没有什么。"我说。

朋友用犹带红丝与水意的眼睛看我，眼里有茫然的神色。对一位正落入陷阱的人，她是不太能相信世上还有更大的陷阱的。因为在情感的陷阱底部，有着燃烧的火焰、严寒的冰刀、刺脚的长针，已经是够令人心神俱碎的了。

"我再说一个故事给你听吧！"我只好说。

失恋，至少值得回味

有一个人去求助一位大师，说："师父，请救救我，我快疯了！我的太太、孩子、亲戚全住在同一个房间，整天都在争吵吼叫谩骂。我的家简直是一座地狱。我快崩溃了！师父，请拯救我。"

　　大师说："我可以救你，不过你先得答应，不论我要求你做什么，你都切实地做到！"

　　那形容憔悴的人说："我发誓，我一定做到！"

　　大师说："好！你家里养了多少牲畜？"

　　"一头牛、一只羊，还有六只鸡。"那人说。

　　"很好，把它们全部带入你的屋内，然后，一星期后再来见我。"

　　那人听了，心惊胆战，但他发过誓听从师父的话，所以就把牲畜全部带进房子。

　　一星期后，他的容貌完全枯槁，跑来见大师，用呻吟的声音说："一片肮脏、恶臭、吵闹、混乱，不只我不成人形，屋里的人也都快疯了。大师，现在怎么办？"

　　"回去吧！现在回去把牲畜赶出去，明天再来见我。"大师说。

　　那人飞快地奔回家去。

　　第二天，当他回来见大师时，眼中充满了喜悦的光芒，欢喜地对大师说："呀！所有的畜生都赶出去了，家里简直像个天堂，安静、清爽、干净，又充满了温馨，生活是多么地美好呀！"

　　朋友听了这个故事，微微地笑了。

　　我们在生命过程中所遇到的挫折，使我们觉得自己是全世界最苦的人。那是因为我们还没有经历过更巨大的苦难，也因为我们不知道世上还有很多人正拖着千斤重的脚，走过火热水深、断崖鸿沟。

　　失恋，真是人生的苦难里最易于跨越的，它几乎是人生的必然。

在生命里，有很多历程除了苦痛，没有别的感受。失恋至少还值得回味，至少有凄凉之美，至少还令我们验证到情感的真实与虚幻。

"有很多事，只是苦，没有别的。与那些事比起来，失恋真是天堂了！"我加重语气地说。

我们聊着聊着，天就黑了，朋友要告辞，我送她一罐港口茶。她的表情已经平静很多了。

我说："好好地品味这罐港口茶吧！仔细地观照它，看看到最苦的时候会怎么样。"

我们的船还要继续前航

朋友走了以后，我独自坐着饮茶。看着被夜色染乌的天空，几粒微星，点点缀在天际，心中不免寒凉。想到人间里情爱无常的折磨，从有星星的时候，人就开始了情感挣扎的历程，即使世界粉碎成微尘，人仍然要在情爱里走过漫漫长夜，哭过茫茫的旷野。

我想到几天前刚读过杜牧与李商隐的诗，他们都是我最喜欢的唐朝诗人。他们对失恋心情的描写，那样细致缠绵，犹如黑夜旷野中闪烁的泪，令人心碎。

我就选了几首，抄在纸上，准备寄给我的朋友：

落 花

李商隐

高阁客竟去，小园花乱飞。

参差连曲陌，迢递送斜晖。

肠断未忍扫，眼穿仍欲归。

芳心向春尽，所得是沾衣。

锦 瑟

李商隐

锦瑟无端五十弦，一弦一柱思华年。

庄生晓梦迷蝴蝶，望帝春心托杜鹃。

沧海月明珠有泪，蓝田日暖玉生烟。

此情可待成追忆，只是当时已惘然。

无 题

李商隐

飒飒东风细雨来，芙蓉塘外有轻雷。

金蟾啮锁烧香入，玉虎牵丝汲井回。

贾氏窥帘韩掾少，宓妃留枕魏王才。

春心莫共花争发，一寸相思一寸灰。

无 题

李商隐

相见时难别亦难，东风无力百花残。

春蚕到死丝方尽，蜡炬成灰泪始干。

晓镜但愁云鬓改，夜吟应觉月光寒。

蓬山此去无多路，青鸟殷勤为探看。

赠 别

杜牧

多情却似总无情，唯觉尊前笑不成。

蜡烛有心还惜别，替人垂泪到天明。

金谷园

杜牧

繁华事散逐香尘，流水无情草自春。

日暮东风怨啼鸟，落花犹似堕楼人。

秋 夕

杜牧

银烛秋光冷画屏，轻罗小扇扑流萤。

天阶夜色凉如水，坐看牵牛织女星。

　　我少年时代时常吟诵这些诗句，当时有着十分浪漫美丽的怀想，觉得能有深刻的情爱，实在是一种福分。近来重读，颇感到人生的凄凉，才仿佛接近了诗人那冰心玉壶一样的心情。看到飞舞的落花为之肠断；听见琵琶流动的声音不禁惘然；东风吹来感到相思如灰一寸一寸冷去；夜里的蜡烛仿佛替代我们垂泪，像春天的蚕子永不停止地缠绵吐丝，到死方休！

　　而那园里落下来的花，就好像我们从楼头坠下，心肝为之碎裂！秋天看着遥遥相隔的牵牛星与织女星，是那样地冷，是永远不可能相会了！

　　情感的挫折与苦难是生命必然的悲情，可是谁想过：

　　落花飞舞之后，春天的新芽就要抽出！

　　蜡烛烧尽的时候，黎明的天光就要掀起！

　　春蚕吐丝自缚的终极，是一只蛾的重生！

　　我们在这个世界上，有如一片叶子抽出、一朵花开放、一棵树生长，是一种自然的时序。春日的繁华、夏季的喧闹、秋野的庄严、冬天的肃杀，都轮流让我们经历着，以便生发我们的智慧。

　　来吧！让我们在最苦的时候，更深刻地回观我们的心灵世界。我们至少知道"港口茶"苦的滋味，我们一眼就能看见星星，这多么值得感恩。

　　让锦瑟发声，让飞花落下，让春蚕吐丝，让蜡烛流泪，让时光的河流轻轻流过一些生命里伤心的渡口吧！

　　每次到民权东路的殡仪馆送葬，走出来后我总会忧伤地看看天空，深深地吸一口气。虽然台北的空气并不干净，却使我觉得人能够深深地呼吸是值得欣慰的。

　　然后，我会慢慢地散步，或者走到附近的亚都饭店，在充满18世纪欧洲风格的咖啡厅喝杯热咖啡。我总是想："好好地喝这一杯咖啡吧！百年以后我们都不会在这世界上了。"当然，依照轮回的观念，或许我们将来还可以深呼吸，可以看天色，可以喝到一杯上好的咖啡，可是百年之后的事谁知道？谁有把握呢？

　　喝完咖啡走出来，我就会想：好好迎接每一个今日吧！时间是多么珍贵。对待我们的亲人和朋友真诚一点吧！百年后我们就再没有机会说出心里的话。用一种清明与欢喜的心情来看看路边的树与天上的星空吧！有一天我们就会看不见了。

　　这世界上有许多事看起来遥远，事实上不远。就以民权东路来说吧，有荣星花园，因为风景优美，时常成为新婚夫妻拍结婚照的地方；再往前一点有恩主公庙，是许多人祈求子嗣、祈求财富、祈求今生福报的地方；再往前走一点，则是市立殡仪馆了。这样走一趟也不过是十几分钟的时间，每天都有人生老病死，距离是多么地近。

所有的宗教与法门，都在启发我们对来生的追求，希望找到一条永恒的道路，可是来生与永恒是在我们这一期生命停止以后才开始的，谁能真切地把握它呢？这使我体会到禅师说的："看脚下！""当下"是多么慈悯与透彻的观点。所谓"过去心不可得，现在心不可得，未来心不可得"，若不能正视眼前的现实，来生如何可得？

纵使是净土行者最重视往生，也还知道："不可以少善根福德因缘，得生彼国。"善根福德就是此时此地的培植与承当。记得有人曾经问一个禅师说："要如何保持临终的正念，收到助念的功效而往生极乐世界？"禅师回答说："就是从现在开始正念，从现在开始为自己助念！"这是净土的修行，却是禅的风格。唯有珍惜现在，才是热爱生命的人最好的实践。只有现在被珍惜了，过去的回忆才会得到证明，未来的梦想才能实现。

饱食终日地思考生命从何而来，死后要到何处，对实际人生有何用意？现代的人往往忙得连早餐都忘记吃，常常烦恼到夜里为之失眠，都是对过去与未来有太多设想的缘故。因此，好好地活在现前的这一刹那，这是人最真实的生活。

我喜欢一休禅师的故事。有一天，一休路过一个沙滩，有几名渔夫前来央求他为一个死去的渔夫超度。原来，有一名渔夫去世，想要埋骨于附近的寺庙，依寺庙规定要十五两黄金才够，渔夫因为家贫只好举行水葬。

一休禅师很爽快地答应了，他把渔夫的尸体搬到小舟上，将小舟驶到湖心，大声说："海底的鳞屑等水族，请洗耳聆听：本渔夫只要一息尚存，就要猎捕尔等的亲友，以养活妻小，延续露水般的生命。如今我阳寿已尽，我将把尸骸沉入海底，此乃尔等为伙伴们报仇的良机，请吃我的尸骸吧！这就是吃或被吃的真正佛道。喝！"然后把尸骸扑通丢入海中。在返回岸上的时候，一休禅师念了一首诗："荒年时，把瓜子、茄子与淀川之水，直接当作贡品。"

一休禅师死于八十八岁，临终的遗言是"朦朦三十年，淡淡三十年，朦朦淡淡六十年，末期粪土暴晒敬梵天"。

人间的山水原就是这样美好，在我们梦想的国度中或者有更好的山水，可是如果我们连人间的好山水都不能认识，没有慧眼去看，极乐世界的好山水，如何去认识呢？

生命是苦难的，这是每一个稍有觉性的人都能体验的，可是看看海里的珍珠贝吧！珍珠贝在受伤的时候，会在受伤的地方逐渐形成美丽的珍珠。有珍珠贝的特质的人，在人生里受伤，往往能看见现世的虚幻，窥见生命深处的本质。这时，美丽的珍珠便会成形。心里的重创对有珍珠贝之质的人，反而能塑成最美的珍珠。

逃离生命的苦难不是禅者的要务，禅者的要务是使自己具有珍珠贝之质。

珍珠贝之质，就是保有清明的心性，在无事的时候，张开闭紧的壳，自在、舒放、自然地正视此刻的生命，而在创伤的时候，用柔软的心情来包扎伤口，塑造怀里那因苦痛与烦恼而形成的珍珠。

喝完咖啡，再次走过殡仪馆，心里便充满了祝愿，祝愿亡者能到更好的地方，祝愿未亡的人珍视今日的启发，成为有珍珠贝之质的人。这样想，忧伤便放下了，脚下虎虎生风，觉得能坦然迎接此刻的阳光。

觉醒的滋味

觉醒的滋味

喝完工夫茶后，喝一杯水，会觉得那水特别好喝，觉得茶好，水也好。

热闹的聚会后，沉静下来，会觉得那沉静格外清澄，觉得热烈也美，沉定也美。

爬山回家以后，洗个热水澡，觉得那水是从身体蒸发出来，觉得爬山也享受，洗澡也享受。

有时欢乐与哀愁也是如此，哀愁时感到欢乐真好，欢乐时也觉得哀愁有一种觉醒的滋味。

觉醒的滋味随时都在，就像阳光每天都来。今天过北宜公路看到灿烂的樱花开了，但满地都是冥纸，那红色的樱花看起来就像血一样惊心。

柔软心

1

我多么希望，我写的每一个字、每一篇文章都洋溢着柔软心的香味；我的每一个行为都有如莲花的花瓣，温柔而伸展。

因为我深信，一个作家在写字时，他画下的每一道线都有他人格的介入。

2

日本曹洞宗的开宗祖师道元禅师，传说他航海到中国来求禅，空手而来，空手而去，只得到一颗柔软心。

这是令人动容的故事，许多人认为道元禅师到中国求柔软心，并把柔软心带回日本。其实不然，柔软心是道元禅师本具的，甚至是人人本具的，只是，道元若不经过万里波涛，不到中国求禅，他本具的柔软心就得不到开发。

柔软心不从外得，但有时由外在得到启发。

3

学禅的人若无柔软心，禅就只是一种哲学，与存在主义无异。

柔软心并不是和稀泥一样的泥巴，柔软心是有着包容的见地，它超越一切、包容一切。

柔软心是莲花，因慈悲为水、智慧做泥而开放。

4

有人问我："为什么草木无心，也能自然地生长、开花、结果，有心的人反而不能那么无忧地过日子？"

我反问道："你非草木，怎么知道草木是无心的呢？你说人有心，人的心又在哪里呢？假若草木真是无心，人如果达到无心的境界，当然可以无忧地过日子。"

"凡夫"的"凡"字就是中间多了一颗心，刚强难化的心与柔软温和的心并无别异。

具有柔软心的人，即使面对的是草木，也能将心比心，也能与草木至诚地相见。

5

追鹿的猎师是看不见山的，捕鱼的渔夫是看不见海的。

眼中只有鹿和鱼的人，不能见到真实的山水，有如眼中只有名利权位的人，永远见不到自我真实的性灵。

要见山，柔软心要伟岸如山；要看海，柔软心要广大若海。

因为柔软，所以能够包容一切、含摄一切。

6

人在遇到人生的大疑、大乱、大苦、大难时，若未被击倒，自然会在其中超越而得到"定"，因定而得清明，由清明而能柔软。

在柔软中，人可以和谐、单纯，进而达致意识的统一。

野狐禅、口头禅，最缺乏的就是柔软心，有柔软心的禅者不会起差别，不会贬抑净土，或密宗，或一切宗派，乃至一切众生。

7

有欲念，就有火气；有火气，就有烦恼。

柔软心使欲念的火气温和，甚至消散，当欲念之火消散了，就是菩提。

从烦恼到菩提的开关，就是柔软心。

8

佛陀教我们度化众生，并没有教我们苛求众生。我们要度化众生，应在心中对众生没有一丝丝苛求，只有随顺。众生若可以被苛求，就不会沦为众生了。

随顺，就是处在充满仇恨的人当中，也不怀丝毫恨意。

随顺，就是随着充满黑暗的世界转动，自己还是一盏灯。

随顺，就是看任何一个众生受苦，就有如自己受苦一般。

随顺，是柔软心的实践，也是柔软心点燃的香。

时间道场

　　一分钟很短，但是，一分钟比五十九秒还长，比一秒钟更长得多，所以，要珍惜每一分钟。

　　佛经最短的时间是一刹那，等于七十五分之一秒。一念里有九十刹那，一刹那有九百生灭，因此，连刹那也是无限。

　　佛经里最长的时间叫"阿僧祇"，是不可计算、无量数的意思，据称一阿僧祇有一千万万万万万万万万兆年，可是又说"一念满无量阿僧祇劫"，因此长短并没有分别。

　　一弹指，也是佛经的用语，一弹指有六十五刹那，有的经说一弹指有九百六十生死，有的经说一弹指之间心念转动九百六十次。还有说二十念为一瞬，二十瞬为一弹指。又有说，四百念为一弹指，一万二千弹指是一昼夜。并不是佛经不统一，而是时间乃相对的概念，不是绝对的。

　　有的人一分钟当千百世用，有的人千百世轮回生死业海茫茫，不及别人的一弹指顷。

　　一寸时光，就是一寸命光，每一眨眼，命光就流逝了。因此，注意当下，就是珍惜永恒的生命。

　　在思想与思想之间，时间一定留有空隙，只要进入那空隙，有觉察的力，时间就等于智慧。

　　不要期待永恒的理想，若能安住在此刻的时间上，此刻就是净土，就是永恒的理想。

　　"万法归一，一归何处？"其实，一就展现了万法，就像一秒钟不能从一万年中抽出，一万年则是由一秒钟组成。

　　年龄不能作为智慧的依据，因为每个人都是宇宙的老人。上帝未生之时，我就存在了，这是宇宙的真实。

　　有理想、有壮怀的人不因时间消逝而颓唐，而是到死的瞬间还保持向前的心。

　　我喜欢两副对联：

世事如棋局，不著者便是高手；
一身似瓦瓮，打破了才见真空。

两个空拳握古今，握住也须放手；
一枝金筇担朝政，担起也要歇肩。

　　——真是道尽了人与时间赛跑的关系，人不能与时间赛跑，但人可以包容时间、善待时间。

　　极大之处，有极小存在；极近之处，有极远存在；极恶之处，也一定有佛存在。

　　时间是空，但它创造了无限的有；时间是不可捉的，却制造了许多可捉之物；时间的空与不空是同一质、同一味的。

　　"万法是真如，由不变故；真如是万法，由随缘故。"时间从未变过，因为钟表、日夜都不是时间；但时间也从未驻留，因为整个宇宙都是时间的痕迹、时间的道场，在为我们说缘起的法、生灭的法。

无常两则

我们认识的第一个秋天

我们认识的第一个秋天，确是在这里，我在巷子里走了很久才认出来。

我们曾坐在一起看云的阶梯，现在已经完全崩坏了，只剩下一些石块的残迹。

我们曾站在其下彻夜谈天的那一棵凤凰木，有半边的枝丫被雷劈断了，另一边零落地开着花。

我们曾无数次在黄昏走过的草地，现在是一排灰色的公寓，上面装满了锈去的铁窗，以及努力从铁窗中探头的盆栽植物。

我们曾在其下谈诗的湖边的榕树不见了，湖已完全填平，现在是一个养鸡场。

这些都不是我认出这个地方的理由，我认出这个地方是因为偶然走过，而又有一些当年秋天的心情。还有那一年刚种上去的相思树，现在开满鹅黄色的小花，那相思树虽长大开花，树形却一点也没有改变。

站在相思树前，我的心情和那茸茸的黄花一样茫然。我的思绪被这种茫然一把抓住，使我对自己、对青春的岁月感到非常陌生，不敢确定我是不是真的认识过自己或认识过你，那种感觉，仿佛有一条蛇从心头轻轻地滑过去。

我们认识的第一个秋天，竟是在这里吗？

离去的小路

这竟是当年你离去的那一条小路吗？阶梯上的榕树还是原来的样子（似乎已老了一些），路旁的金急雨花仍然盛开（仿佛没有从前那么艳黄），巷子口的路灯也在原来的位置（如若缺乏昔日的光明），你家的窗口还是有我熟悉的灯光（但是窗帘好像换过了）。

这竟是当年你离去的那一条小路吗？你说过你不是轻易道别的人（你的话总像春天的风吹过），你说过你愿意一生只爱一次（你的誓言有如夏日午后的西北雨），你常常用泪来印证某些情爱的不朽（你的泪轻忽得似秋日流过的浮云），你说天下总会有一种永恒的情意（你这样说时，就像很冷很冷的冬天清晨我们口中所呼出的烟气）。

这竟是当年你离去的那一条小路吗？我试着用年轻时欢跃的碎步来走（但我已胖了），我试着以深深的呼吸来探触（但空气污染了），我试着想象你的唇、你的表情、你的气息、你的五官（但真像电影的柔焦镜头，带着一种模糊的忧郁）。

这竟是我看着你离去的小路吗？我看到红砖已全部换新了，路竟像自己走了起来，我站着，让路带着我，然后我们高高地飞起。

在空中我看见年轻的自己正在路上，身影极小，吹着口哨，哨音里有忧伤凄楚的调子。

谦卑心

1

谦卑比慈悲更难。

慈悲是把众生当成自己的子女，从心底生起自然的慈爱与关怀。

谦卑是把众生当成自己的父母，从心底生起自然的尊崇与敬爱。

我们知道，无条件地爱子女是容易的，无条件地敬父母则很少人可以做到。

所以，谦卑比慈悲更难。

2

通常，我们对身份、地位、权势比我们高的人，容易生起谦卑之念，不易生起悲悯的心。

反而，我们对身份、地位、权势比我们低的人，容易生起悲悯之念，不易生起谦卑的心。

这是我们的我执未破，在人中有了高低。

修行的人应该训练自己，对众人敬畏、位高权重的人，发起悲悯；对地位卑微、生活困顿的人，生起谦卑。

有名利地位的人不是也很值得同情悲悯吗？

没有名利地位的人不是也很值得感恩尊敬吗？

对富贵豪强的人悲悯很难，对贫贱残弱者的谦卑更难。

3

悲悯使我们心胸宽广，善于包容；谦卑令我们人格高洁，善于感恩。

慈悲是由感恩而生的，感恩则源于真正的谦卑，骄傲的人是不懂得感恩的，而由于感恩，我们才可以无憾地喜舍。这是四无量心慈、悲、喜、舍的发起，谦卑的感恩是其中的要素。

有一位伟大的噶丹巴上师教导我们，思考某些因果关系，来发展我们的四无量心，这思考的方法是：

我必须成佛，是第一要务。

我必须发菩提心，这是成佛的因。

悲是发菩提心的因。

慈是悲的因。

受恩不忘是慈的因。

体认众生皆我父母，这个事实是不忘恩的因。

我必须体认这一点！

首先，我必须念念不忘今世母亲的恩，而观想慈。

然后，我必须扩大这种态度，以包括所有还活着的众生。

透过这种思考，我们可以愉快地观想，不断地念：

当我愉快时，

愿我的功德流入他人！

愿众生的福泽充满天空！

当我不愉快时，

愿众生的烦恼都变成我的！

愿苦海干涸！

我们的观想可以得到真实的谦卑，谦卑乃是感恩，感恩乃是慈悲，慈悲乃是菩提！

4

　　谦卑就是谦虚，还有卑微。

　　谦虚要如广大的天空，有蔚蓝的颜色，能容受风云日月，不会被雷电乌云遮蔽，而失去其光明。

　　卑微要如无边的大地，有翠绿的光泽，能承担雨露花树，不会被污秽垃圾沉埋，而失去其生机。

　　谦虚的天空不会因破坏而嗔恨，卑微的大地不致因践踏而委屈。

　　永远不生起嗔恨、不感到委屈，是真实的谦卑。

5

　　我一向不愿穿戴昂贵的服饰，不愿拥有名牌，因为深感自己没有那样名贵。

　　我一向不喜出入西装革履、衣香鬓影的场合，因为深感自己没有那样高级。

　　我要谦虚卑微一如山上的一株野草。

　　谦卑的野草是自在地生活于大地，但野草也有高贵的自尊，顺着野草的方向看去，俯视这红尘的大地，会看见名贵高级的人住在拥挤的大楼，只有一个小小的窗口。

我不要人人都看见我，但我要有自己的尊严。

6

一株野草、一朵小花都是没有执着的。

它们不会比较自己是不是比别的花草美丽，它们不会因为自己要开放就禁止别人开放。

它们不取笑外面的世界，也不在意世界的嘲讽。

谦卑的心是宛如野草小花的心。

7

宋朝的高僧佛果禅师，在舒州太平寺当住持时，他的师父五祖法演给了他四个戒律：

一、势不可使尽——势若用尽，祸一定来。

二、福不可受尽——福若受尽，缘分必断。

三、规矩不可行尽——若将规矩行尽，会予人麻烦。

四、好话不可说尽——好话若说尽，则流于平淡。

这四戒比"过犹不及"还深奥，它的意思是"永远保持不及"，不及就是谦卑的态度。

高傲的人常表现出"大愚若智"，谦卑的人则是"大智若愚"。

8

南泉普愿禅师将圆寂的时候，首座弟子问道："师父百年后，向什么处去？"

他说："山下做一头水牯牛去。"

弟子说："我随师父一起去。"

禅师说："你如果想随我去，必须衔一茎草来。"

在举世滔滔求净土的时代，愿做一头山下的水牛，这是真正的谦卑。

9

释迦牟尼佛在行菩萨道时，曾在街路上对他见到的每一个众生礼拜，即使被喝骂棒打也不停止，只因为他相信众生都是未来佛，众生都可以成佛。

我们做不到那样，但至少可以在心里做到对每一众生尊敬顶礼，做到印光大师说的："看人人都是菩萨，只有我是凡夫。"

是的，只有我是凡夫，切记。

10

我愿，常起感恩之念。

我愿，常生谦卑之心。

我愿，我的谦卑永远向天空与大地学习。

人在遇到人生的大疑、大乱、大苦、大难时，

若未被击倒，自然会在其中超越而得到"定"，

因定而得清明，由清明而能柔软。

在柔软中，人可以和谐、单纯，进而达致意识的统一。

一心一境

　　小时候，我时常寄住在外祖母家。那里有许多表兄弟姐妹，每次相约饭后要一起去玩，吃饭时就不能安心，总是胡乱地扒到嘴里咽下，心里尽想着玩乐。

　　这时，外祖母就会用她的拐杖敲我们的头，说："你们吃那么快，要去赴死吗？"

　　这句话令我一时呆住了，然后她就会慢条斯理地说："吃那么紧，怎么会知道一碗饭的滋味呀！"当时深记着外祖母的话，从此，吃饭便十分专心，总是好好吃了饭再出去玩。

　　从前不觉得这两句话有什么了不起的地方，长大以后，年岁愈长愈感觉这两句寻常的话有至理在焉，这不正是禅宗祖师所说的"吃饭时吃饭，睡觉时睡觉"那种活在当下的精神吗？

　　"活在当下"看起来是寻常言语，实际上是一种极为勇迈的精神，是把"过去"与"未来"做一截断，使心思处在一心一境的状态。一个人如果每时每刻都能处于一心一境，就没有什么困难能牵住他，也没有什么痛苦能动摇他了。

一心一境是最有效也最简易的疗治人生的波动、不安、痛苦和散乱的方法。因为人的乐受与苦受虽是真实的感觉，却是一种空相，若能安住于每一个当下，苦受就不那样苦，乐受也没有那么乐了。可惜的是，人往往是一心好几境（怀忧过去，恐慌未来），或一境生起好几种心（信念犹如江河，波动不止），久而久之，就被感受所欺瞒，不能超越了。

不能活在一心一境之中，那是由于世人往往重视结局，而不重视过程。很少人体验到一切的过程乃是与结局联结的。一个人如果不能在吃饭时品味米饭的香甜，又何以深刻地品味人生呢？一个人若不能深入一碗饭，不知蓬莱米、在来米甚至糯米的不同，又如何能在生命的苦乐中有更深切的认识呢？

因此吃饭、睡觉、喝茶，看来是人生小事，却能由一心一境在平凡中见出不凡，也就能以实践的态度契入生活而得到自在。

曾经有人问一位禅师说："什么是最好的解脱痛苦的法门？"

禅师说："在痛苦时就承受痛苦，在该死的时候就坦然地死，这便是最好的解脱痛苦的法门。"

痛苦或死亡是人人所不愿见到或遇到的，但若不能深刻品味痛苦，何尝能知道平安喜乐的真滋味？若不能对死亡有所领会，又如何能珍惜活着的时候呢？

又有一位禅师问门人说："寒热来时往何处去？"

门人说："向无寒暑处去！"

禅师说："冷时冻死你，热时热死你！"

这世界原来并没有一个无寒暑的地方可以逃避生之恼，因此，最好的方法是水里来、火里去，不避于寒热，寒热自然就莫可奈何了！这也是一心一境。时人的苦恼就是寒冷的时候怀念暑天，到了真正热的时节，又觉得能冷一些就好了。晴天的时候想着雨景之美，雨季来临时，又抱怨没有好的天色，因此，生命的真味就被蹉跎了。

一心一境是活在每一个眼前的时节，是承担正在遭受的变化不定的人生。就像拿着铁锤吃核桃，核桃应声而裂，人生的核桃或有乏味之时，或有外表美好、内部朽坏的，但在每一个下锤的时节都应怀抱美好的期待。

当然，人的生命历程如果能像苏东坡所说的"无事以当贵，早寝以当富，安步以当车，晚食以当肉"，那是最好的情况。可惜在现代社会里几乎没有无事、早寝、安步、晚食的人了。因此，如何学习以"一心一境"的态度生活，就变得益发可贵。

苏东坡在《春渚纪闻》里还说："处贫贱易，耐富贵难。安劳苦易，安闲散难。忍痛易，忍痒难。人能安闲散，耐富贵，忍痒，真有道之士也。"这是苏东坡的至理名言，但我的看法有些不同，我觉得处贫贱、安劳苦、忍痛苦都是一样难的，唯有一心一境的人，能贫富、劳闲、痛痒，皆一体观之，这才是真正的"有道"。

活在每一个过程，这是真正的解脱，也是真正的自在。"吃饭时吃饭，睡觉时睡觉"的禅语也可以说："痛苦时痛苦，快乐时快乐。"这使我想起元晓大师说的话，他说："纵使尽一切努力，也无法阻止一朵花的凋谢。因此，在花凋谢时好好欣赏它的凋谢吧！"

人生的最大意义不在奔赴某一目的，而是在承担每个过程。有一次，在报纸上看到汽车广告说："从零加速到一百公里，只要六秒钟！"这广告使我想起外祖母的话："你驶那么紧，要去赴死呀！"

活在苦中，也活在乐里；活在盛放，也活在凋零；活在烦恼，也活在智慧；活在不安，也活在止息。这是面对苦难的生命最好的方法。

数字菩提

一箭过西天

奔马的速度很快，可是快不过时间。

飞燕的速度更快了，也一样快不过时间。

刹那的念头更快更急，还是不如时间。

这个世界没有一样东西快过时间，所以，春天来临的时候，犹如奔马脚踩飞燕，是挡也挡不住的。

但人在开悟时的感觉，或可与时光比拟，禅里说"一箭过西天"，是指心性遥远、崇高而绝踪迹的境界，超越了语言、心得、时空，无任何迹象可循。

二大庄严

当我们看见一朵花开启，那是庄严。

当我们看到一枝草挺立，那也是庄严。

智慧从黑暗中开悟，犹如晨曦中的花开。

定力在波动中不失，仿佛风雨中不倒的青草。

有动人之美的是智慧，这是"第一义庄严"。

不随恶境波折的是福德，这是"形相庄严"。

《大般涅槃经》说："具足二种庄严：一者智慧，二者福德。若有菩萨具足如是二庄严者，则知佛性。"

菩萨之庄严，那是由于世界未来如是庄严。

三清净

释迦牟尼佛指着大地，大地全部变成紫金色，他对弟子们说："心净，则国土净。"

——我的世界本来就这样清净，只是你们看不见罢了！

"清净"有心、身、相三种，对于这世界不生染心、嗔心、憍慢心、悭贪心、邪见心，是"心清净"。

心清净了，能常得化生，不再轮回，叫"身清净"。

身心清净了，走到哪里，哪里就成为清净的世界，这是"相清净"。

看曦光中的树枝，翠绿如斯，就感到与自心的清净无异。

四不思议

我们在成长的过程中常发现，我们对宇宙的了解是太有限了，就是一朵黄花从田野中开放，它所依凭的力量，人也不能完全了解。

所以，佛说，世上有四件事是令人不可思议：众生的生死不可思议，世界的生成及始终不可思议，龙的意念不可思议，佛的清净境界不可思议。

既然一切都不可思议，让我们路过田园时仔细地欣赏一朵花吧！让我们在静寂的夜里不要思议，回观自己的心吧！

五色五智

从前在印度，僧团不得以青、黄、赤、白、黑五色制成法衣，认为这五种颜色是华美之色，是庄严极乐净土的颜色。

五色是法界体性、大圆镜、平等性、妙观察、成所作等五种智慧的象征，也是信、进、念、定、慧五种力量的代表。

到了中国，又和金、木、水、火、土五行结合，与地、水、火、风、空五大相通，成为宇宙的根本元素。

每一种颜色都是伟大的，因此，树上一粒鲜红的李子中也有大化的奥秘。

六窗一猿

释迦牟尼佛拿起桌上的一条宝花巾，打六个结，对弟子说，眼、耳、鼻、舌、身、意六根都是同一本性，因妄相而有六种不同。

这就好像一个房子里有一只猿猴，从六个不同的窗子看进去，仿佛是六只猿猴，其实只有一只。

很多人在某一个特别的时空都会看到那只猴子，但是只有很少人跳窗进去，抓住那猴子。

抓住猴子再从窗子看世界，就完全不一样了。

七情六欲

凡人说的七情六欲，是从佛经来的。

喜、怒、哀、乐、爱、恶、欲是"七情"，乃是非之主、利害之根。

色欲、形貌欲、威仪欲、言语音声欲、细滑欲、人相欲叫"六欲"，是凡夫对异性具有的六种欲望。

七情六欲原无好坏，沉沦了就堕落，清净了就超越。

可惜沉沦者众，清净者寡。

八功德水

佛经里，把很好很好的水叫"八功德水"。

是说水具有八种功德、八种殊胜：澄净、清冷、甘美、轻软、润泽、安和、除饥渴、长养善根。包围着须弥山的七内海，还有佛净土的水都是八功德水。

其实，在我们居住的地方也有这样的水，今天路过犹澄明的澎湖内海就有这样的感慨：许多地方没有八功德水，那是因为当地的人没有功德了。

一个地方的水开始污染，表示人心已先污染了。

九品莲台

《观无量寿经》里说到，人如果求生净土，死后会依其善根因缘去往生净土，净土分为九品，人则从莲花里化生。

人从莲花里生出，想起来就令人感动，可是莲花那么柔软，要多么柔软的人才能安住呢?

在这波动烦恼的人间,有时觉得能住在草树围绕的茅屋,心中没有烦恼,就是净土了。

十界一念

佛法里把世界分成十界:地狱界、饿鬼界、畜生界、修罗界、人间界、天上界、声闻界、缘觉界、菩萨界、佛界,前六界是凡夫的迷界,后四界是圣者的悟界,所以称为"四圣六凡"。

十界看来很遥远,其实很近,"十界一心平等""十界互具""十界一念"。

所以说人身难得,生而为人是珍贵的,因为十界都在我们的心中。偶尔抬眼看人间,总看到悲喜的演出,这时就会想:超凡入圣吧!可是看到苦难不能解救,就会想:超圣入凡吧!

十一面观音

观世音菩萨的形相,看了最令人心惊的是十一面观音。

十一面观音有十一张脸,顶上的佛面表示佛果。前三面慈相,见善众生而生慈心，大慈与乐。左三面嗔面，见恶众生而生悲心，大悲救苦。右三面白牙暴出，见净业者发赞叹，劝进佛道。最后一面大笑，是见到善恶杂秽众生而生怪笑，使其改恶向善。

十一面观音其实是人间相的总和，令人深思，其慈如山，其悲似海，而他的生气与爆笑，何尝不是深刻的示现呢？

十二因缘

佛经的根本教义是十二因缘：无明、行、识、名色、六处、触、受、爱、取、有、生、老死。

这是说生老病死一切的苦恼是从无明开始的，一个人如果要灭除人间的苦，就要灭去无明与渴爱。

人生在这个天地，有哭有笑，有血有泪，看起来是多么奇妙，可是这奇妙是很久很久以前就开始了。

"此有故彼有，此生故彼生；此无故彼无，此灭故彼灭！"想要停止生死轮转，就要从此刻开始！

达摩茶杯

在日本买来一个枣红色的杯子，外面的釉彩是绿色、蓝色、黄色绘成的达摩祖师像。在日本的达摩造型比较不像印度人，像是一个没有种族特征的孩子，圆墩墩的，带着无邪的笑意。

我不仅在茶杯上看见这样的达摩，也在灯笼上看过，在酒壶酒杯上看过，甚至有许多被制成不倒翁、玩偶、面具。

达摩祖师几乎已经成为日本人的图腾，甚至彻底地日本化了。日本人大概是最崇拜达摩的民族了，在达摩的出生地印度，早已没有人知道达摩这一号人物；在达摩后半生游化的中国，虽然也敬仰达摩，但也没有到无所不在的地步。

我曾在台北的中山北路工艺品店，看过许多达摩的画像；也曾在苗栗的三义乡，看过许多达摩的雕刻；大陆的石弯陶也有许多达摩作品……初始，我以为中国人总算没有忘了达摩，后来才知道，那些作品绝大部分是为日本观光客仿的。

不只达摩，像以寒山、拾得为画像的"和合二仙"在日本也很流行。像以布袋和尚为画像的，我们把他当成弥勒佛，在日本却是七福神，是民间祭祀的对象。

在日本，达摩祖师如此风行，在中国，为什么反而日渐被漠视呢？我们在禅风大起的时代，要如何来看待达摩祖师呢？

读过日本茶道书籍的人，都知道日本茶道开宗明义的第一章便与达摩祖师有关。传说菩提达摩在少林寺面壁九年的时候，由于追求无上觉悟心切，夜里不倒单，也不合眼。由于过度疲劳，沉重的眼皮撑不开，最后他毅然把眼皮撕下来，丢在地上。

就在达摩丢弃眼皮的地方，长出了一株叶子翠绿的矮树丛（树叶就像眼睛的形状，两边的锯齿像睫毛），那些在达摩座下寻求开悟的徒弟，也面临眼皮撑不开的情景，有的徒弟就摘下一片又绿又亮的叶子咀嚼，顿时精神百倍。

于是，就把"达摩的眼皮"采下来咀嚼或泡水，产生一种奇妙的灵药，使他们可以更容易保持觉醒状态，这就是茶的来源。

这个传说之所以在日本流行，是因为日本人的武士道，性格决然，会以'想睡觉了就把眼皮撕下来"来达成目的，可是，中国的祖师是反对"吃饭时不肯吃饭，百种需索；睡时不肯睡，千般计较"的，主张"吃饭时吃饭，睡觉时睡觉"比较合乎禅的精神。

其次，日本人认为达摩面壁九年，是在寻求无上正觉。从史实看，达摩来中国时已经正觉，他是来寻找"一个不受人惑的人"，也就是来度化有缘的。少林寺的九年面壁，只不过是期待合适的弟子予以软化罢了。

由于"达摩的眼皮子"的传说，把达摩的像绘在茶壶茶杯上，给了我们一个觉醒的启示：喝茶不只在解除口舌上的热渴，而是要有一个觉醒的心来解除人生烦恼的热渴。

达摩被我们视为"禅宗初祖"，但是他的名声虽大，他的思想却很少人知道，根据学者的研究考证，达摩真正思想的所在，应该最接近后世流传的《二入四行论》。

"二入"是从两种方法进入禅悟：一是"理入"，就是要勤于教理的思维，认识教理，解除生命的盲点，然后才能舍伪归真；二是'行入'，就是以生命来实践，以佛的教义实际地履行，除去爱憎情欲，以进入禅法。

这就是"不受人惑"的入门呀！

以达摩祖师之教化，后世禅宗分为"贵见地不贵行履"，或"贵行履不贵见地"，实际上都有违祖师教化，走入极端了。

见地是为了提升境界，实践是为了印证境界，前者是未登山顶而知道山顶有好风光，后者是一步一步地登山，一定要爬上山顶的时候，才能同时汇流，豁然贯通！

"四行"是体验修证佛道的四种具体的行法，即"报冤行""随缘行""无所求行""称法行"。

"报冤行"是指我们所遇到的一切苦难，都是从前恶缘的会集结果，故无所埋怨地承受。

　　"随缘行"是指我们所遇到的一切喜庆成就，乃是从前善缘的成果，故应无所执着骄满。

　　"无所求行"是指世人由于有所贪求，才会迷惑不安。如果能无所求，就能无所愿乐、万有皆空，安心无为，顺道而行。

　　"称法行"，是明白本性清净才是究竟的法，所以，在世间一切法上，无染无着、无此无彼，虽然自利利他，也能安住于空法。

　　可以说，达摩祖师的"二入四行"是禅宗根本的理趣所在，如果能从此进入，就可以安心于道了。达摩祖师曾对两位大弟子慧可、道育说了一段重要的话：

　　"如是安心，如是发行，如是顺物，如是方便，此是大乘安心之法，令无错谬。如是安心者壁观，如是发行者四行，如是顺物者防护讥嫌，如是方便者遣其不着。"

　　达摩祖师的"二入四行"，简单地说，禅的修行是从"有意"超入"无心"，无心即是本性清净的意思。在本性清净的大原则下，一个人有多少执着，就含有多少束缚，减少束缚的方法，就是去化解执着——在见地上化解、在实践中化解、在行止里化解，到了解无可解、化无可化之境，心也就清净了。

　　一切生活中的事物，不都可用二入四行来给予直观吗？即使微细如喝茶这样的小事，在直观中，也能使我们身心提升到清净之处呀！

　　我喜欢日本茶道的四个最高境界，叫作"和敬清寂"。和是"心存和平"，敬是"心存感恩"，清是"内在坦荡"，寂是"烦恼平息"。

"和"是"报冤行"，即使是生命中最大的困顿，也能与之处于和谐的状态。

"敬"是"随缘行"，感恩那些使我能随顺生活的事物和人，有崇仰之想。

"清"是"无所求行"，是内心永远晴空万里，有亮丽的阳光，无所贪求和企图。

"寂"是"称法行"，是止息一切波动，安于平静。

和敬清寂不是呆板的，而是活泼的，就像火炉里的木炭经过热烈的燃烧，保留了火的热暖，而不再有火的形貌。人在烦恼烈焰之中亦如是，燃烧过后，和合相敬，清朗静寂，但不失去智慧的光芒与慈悲的温暖。

我在用达摩祖师的茶杯喝茶的时候，时常想起他的一首偈：

亦不睹恶而生嫌，
亦不观善而勤措；
亦不舍智而近愚，
亦不抛迷而求悟。

试着译成白话：

不必看到坏的人事就生起嫌恶的心，
不必看到好的事功就生起企图的心；

不必舍弃智慧而去靠近愚痴的境况，

也不必抛弃散乱生活去追求悟的境界！

　　也就是说，如果手里有一杯茶，就好好地来喝一杯吧！品味手上的这一杯，不必管它是乌龙，还是铁观音，不必管它是怎么来到我的手上。如果遇见人生的情境，不必管它是好是坏，怎么独独落在我的头上，就坦然地饮下这一杯苦汁或乐水吧！

　　如果还没有手上的茶，那么来煮一壶水，把水烧开了，抓一把茶叶，准备喝一杯吧！忙乱的生活如此燥热，没有清凉的茶无以消火解渴；烦恼的生命如此焦渴，缺少一杯法雨甘露，生命的长途就更郁闷难耐了。

　　我手上的达摩茶杯，很愿意借给有缘的人！

温柔半两

　　读到无际大师的"心药方"，说到不管是齐家、治国、学道、修身，必须先服十味妙药才能成就。哪十味妙药呢？

　　他说："好肚肠一条。慈悲心一片。温柔半两。道理三分。信行要紧。中直一块。孝顺十分。老实一个。阴骘全用。方便不拘多少。"这十味妙药要怎么吃呢？他又说："此药用宽心锅内炒。不要焦。不要躁。去火性三分。于平等盆内研碎。三思为末。六波罗蜜为丸。如菩提子大。每日进三服。不拘时候。用和气汤送下。果能依此服之，无病不瘥。"

　　"心药方"是用白话写成，不难理解其意。在此必须解释的是"六波罗蜜"，波罗蜜是行菩萨道之谓，行法有六种：一布施、二持戒、三忍辱、四精进、五禅定、六智慧，菩萨用这六种方法度人过生死海到涅槃彼岸。"菩提子"则是菩提树的种子，可做念珠，大小如莲子，做抽象解释时，"菩提"是"觉悟"的意思。

　　我想，不论是否佛教徒，每天能三服这帖心药，不仅能使身心安乐，也能无愧于天地，假如每天吃三四味，也就能去病延年，要是万万不可能，一天吃一口"温柔半两"，可能也足以消灾减祸了。

　　这一帖心药虽仅有十味，却是明心见性，充满了智慧。因为对佛家而言，人身体所有的病痛全是由心病而来的。佛陀释迦牟尼将心病大属于贪嗔痴三种，一个人只有在除去贪、嗔、痴三病时，才能有一个明净的精神世界，也才会身心悦乐，没有障碍，没有恐怖，远离颠倒梦想。因此，所有佛书的入门就是一部心经，所有成佛的最高境界，靠的也是心。

　　佛书中对心的探求与沉思历历可见，释尊曾经这样开示："心作天，心作人，心作鬼神，畜生地狱，皆心所为也。"（《般泥洹经》）又说："能伏心为道者，其力最多。吾与（龙藏作"与吾"——编者注）心斗，其劫无数，今乃得佛，独步三界，皆心所为。"（《五苦章句经》）对于为善的人，心是甘露法；对于为恶的人，心是万毒根。因此，医病当从内心医起，救人当从内心救起。

　　例如，佛祖在《楞严经》里说："灯能显色。如是见者，是眼非灯；眼能显色，如是见性，是心非眼。"翻成白话是："灯能显出东西不是灯能看见东西，而是眼睛借灯看见了东西；眼睛看见了东西，并不是眼睛在看，而是心借眼睛显发了见性。"那么，我们可以说一个人不明事理，不是事理有病，不是眼睛有病，而是内心有病。只要治好了真心，眼睛也可以分辨，事理也得到了澄清。

　　无际大师的心药，即是从根本处解决了人生与人格的问题。

关于心的壮大，禅宗初祖达摩祖师在《达摩血脉论》中曾有一段精彩绝伦的文字，他说："除此心外，觅佛终不得也。佛是自心作得，因何离此心外觅佛？前佛后佛只言其心，心即是佛，佛即是心，心外无佛，佛外无心。若言心外有佛，佛在何处？心外既无佛，何起佛见？……若知自心是佛，不应心外觅佛。佛不度佛，将心觅佛不识佛。"

因而，历来的禅宗无不追求一个本心，认为一个人不能修心、明心、真心、深心，而想成佛道，有如取砖头来磨镜，有如以沙石做饭，是杳不可得的。这正是六祖慧能说的："于一切行住坐卧，常行一直心。""但行直心，于一切法，勿有执着。"

知道了心对真实人生的重要，再回来看无际大师的心药方，他的这帖药是古今中外皆可行的，而且有许多正在现代社会中消失，实在值得三思。试想，一个人要是为人有好肚肠、长养慈悲心、多几分温柔、讲一些道理，对人守信用、对朋友讲义气、对父母孝顺、行住坐卧诚信不欺、不伤阴德、尽量给人方便，那么，这个人算是道德完满的人，还会有什么病呢？

人人如此，社会也就无病了。

天下太平的线索，其实就是一个人内心有这些元素！

四
随

随喜

在通化街入夜以后，常常有一位乞者，从阴暗的街巷中冒出来。

乞者的双腿齐根而断，他用厚厚的包着棉布的手掌走路。他双手一撑、身子一顿就腾空而起，然后身体向一尺前的地方扑跌而去，用断腿处点地，挫了一下，双手再往前撑。

他一走路几乎是要惊动整条街的。

因为他在手腕的地方绑了一个小铝盆，那铝盆绑的位置太低了，他一"走路"，就打到地面咚咚作响，仿佛是在提醒过路的人，不要忘了把钱放在他的铝盆里面。

大部分人听到咚咚的铝盆声，俯身一望，看到时而浮起时而顿挫的身影，都会发出一声惊诧的叹息。但是，也是大部分的人，叹息一声，就抬头仿佛未曾看见什么地走过去了。只有极少极少的人，怀着一种悲悯的神情，给他很少的布施。

人们的冷漠和他的铝盆声一样令人惊诧！不过，如果我们再仔细看看通化夜市，就知道再悲惨的形影，人们也已经见惯了。短短的通化街，就有好几个行动不便、肢体残缺的人在卖奖券：有一位点油灯弹月琴的老盲妇，一位头大如斗、四肢萎缩、瘫在木板上的孩子，一位全身不停打摆的软脚的青年，一位口水像河流一般流淌的小女孩，还有好几位神志纷乱、来回穿梭、终夜胡言的人……这些景象，使人们因习惯了苦难而逐渐把慈悲盖在一个冷漠的角落。

那无腿的人是通化街里落难的乞者之一，不会引起特别的注意，因此，他的铝盆常是空着的。他为了引起人们的注意，有时故意来回迅速地走动，一浮一顿，一顿一浮……有时候站在街边，听到那急促的敲着地面的铝盆声，可以听见他心底有多少悲切的渴盼。

他常常戴着一顶斗笠，灰黑的，有几茎草片翻卷起来，我们站着往下看，永远看不见他脸上的表情，只能看到那有些破败的斗笠。

有一次，我带着孩子逛通化夜市，忍不住多放了一些钱在那游动的铝盆里。无腿者停了下来，孩子突然对我说："爸爸，这没有脚的伯伯笑了，在说谢谢！"这时我才发现孩子站着的身高正与无腿的人一般高，想是看见他的表情了。无腿者听见孩子的话，抬起头来看我，我才看清他的脸粗黑，整个被风霜腌渍，厚而僵硬，是长久没有使用过表情的那种。后来，他的眼睛和我的眼睛相遇，我看见了这双一直在夜色中被淹没的眼睛，透射出一种温暖的光芒，仿佛在对我说话。

在那一刻，我几乎能体会到他的心情，这种心情使我有着悲痛与温柔交错的酸楚。然后他的铝盆又响了起来，向街的那头响过去，我的胸腔就随着他顿挫顿浮的身影而摇晃起来。

我呆立在街边，想着，在某一个层次上，我们都是无脚的人。如果没有人与人之间的温暖与关爱，我们根本就没有力量走路，不管在任何时候任何地方，我们见到了令我们同情的人而行布施之时，我们等于在同情自己，同情我们生活在这苦痛的人间，同情一切不能离苦的众生。倘若我们的布施使众生得一丝喜悦温暖之情，这布施不论多少就有了动人的质地，因为众生之喜就是我们之喜，所以，佛教里把布施、供养称为"随喜"。

这随喜，有一种非凡之美，它不是同情、不是悲悯，而是因众生喜而喜，就好像在连绵的阴雨之间让我们看见一道精灿的彩虹升起，不知道阴雨中有彩虹的人就不会有随喜的心情。因为我们知道有彩虹，所以我们布施时应怀着感恩，不应稍有轻慢。

我想起经典上那伟大充满了庄严的维摩诘居士，在一个动人的聚会里，有人供养他一些精美无比的璎珞。他把璎珞分成两份：一份供养难胜如来佛，一份布施给聚会里最卑下的乞者，然后他用一种威仪无匹的声音说："若施主等心施一最下乞人，犹如如来福田之相，无所分别。等于大悲，不求果报，是则名曰具足法施。"

他甚至警策地说，那些在我们身旁来乞求的人，都是一位不可思议的解脱菩萨境界的菩萨来示现的，他们是来考验我们的悲心与菩提心的，使我们从世俗的沦落中超拔出来。我们若因乞求而布施来植福德，我们自己也只是个乞求的人，我们若看乞者也是菩萨，布施而怀恩，就更能使我们走出迷失的津渡。

我们布施时应怀着最深的感恩，感恩我们是布施者，而不是乞求的人；感恩那些秽陋残疾的人，使我们警醒，认清这是不完满的世界，我们也只是一个不完满的人。

"一切菩萨所修无量难行苦行，志求无上正等菩提，广大功德，我皆随喜。如果虚空界尽、众生界尽、众生烦恼尽，我此随喜无有穷尽。"

我想，怀着同情、怀着悲悯，甚至怀着苦痛、怀着鄙夷来注视那些需要关爱的人，那不是随喜，唯有怀着感恩与菩提，使我们清和柔软，才是真随喜。

随业

打开孩子的饼干盒子，在角落的地方看到一只蟑螂。

那蟑螂静静地伏在那里，一动也不动，我看着这只见到人不逃跑的蟑螂而感到惊诧的时候，突然看见蟑螂的前端裂了开来，探出一个纯白色的头与触须，接着，它用力挣扎着把身躯缓缓地蠕动出来，那么专心、那么努力，使我不敢惊动它，静静蹲下来观察它的举动。

这蟑螂显然是要从它破旧的躯壳中蜕变出来，它找到饼干盒的角落脱壳，一定认为这是绝对的安全之地，不想被我偶然发现，不知道它的心里有多么心焦。可是再心焦也没有用，它仍然要按照一定的程序，先把头伸出，把脚小心地一只只拔出来，一共花了大约半小时的时间，蟑螂才完全从它的壳中用力走出来，那最后一刻真是美，是石破天惊的，有一种纵跃的姿势。我几乎可以听见它喘息的声音，它也并不立刻逃走，只是用它的触须小心翼翼地探着新的空气、新的环境。

新出壳的蟑螂引起我的叹息，它是纯白的，几近于没有一丝杂质，它的身体有白玉一样半透明的精纯的光泽。这日常引起我们厌恨的蟑螂，如果我们把所有对蟑螂既有的观感全部摒除，我们可以说那蟑螂有着非凡的惊人之美，就如同是草地上新蜕出来的翠绿的草蝉一样。

当我看到被它脱除的那污迹斑斑的旧壳，我觉得这初钻出的白色小蟑螂也是干净的，对人没有一丝害处。对于这纯美干净的蟑螂，我们几乎难以下手去伤害它的生命。

后来，我养了那蟑螂一小段时间，眼见它从纯白变成灰色，再变成灰黑色，那是转瞬间的事了。随着蟑螂的成长，它慢慢地从安静的探触而成为鬼头鬼脑的样子，不安地在饼干盒里骚爬，一见到人或见到光，它就不安焦急地想要逃离那个盒子。

最后，我把它放走了，放走的那一天，它迅速从桌底穿过，往垃圾桶的方向遁去了。

接下来好几天，我每次看到德国种的小蟑螂，总是禁不住地想，到底这里面，哪一只是我曾看过它美丽的面目、被我养过的那只纯白的蟑螂呢？我无法分辨，也无须去分辨，因为在满地乱爬的蟑螂里，它们的长相都一样，它们的习气都一样，它们的命运也是非常类似的。

它们总是生活在阴暗的角落，害怕光明的照耀。它们或在阴沟，或在垃圾堆里度过它们平凡而肮脏的一生。假如它们跑到人的家里，等待它们的是克蟑粉、毒药、杀虫剂，还有用它们的性费洛姆①做成来诱捕它们的蟑螂屋，以及随时踩下的巨脚、擎空打击的拖鞋，使它们在一击之下尸骨无存。

这样想来，生为蟑螂是非常可悲而值得同情的，它们是真正的"流浪生死，随业浮沉"，这每一只蟑螂是从哪里来投生的呢？它们短暂的生死之后，又到哪里去流浪呢？它们随业力的流转到什么时候才会终结呢？为什么没有一只蟑螂能维持它初生时纯白、干净的美丽呢？

这无非都是业。

无非是一个不可知的背负。

我们拼命保护那些濒临绝种的美丽动物，那些动物还是绝种了。我们拼命创造各种方法来消灭蟑螂，蟑螂却从来没有减少，反而增加。

这也是业，美丽的消失是业，丑陋的增加是业，我们如何才能从业里超拔出来呢？从蟑螂里，我们也看出了某种人生。

随顺

在和平西路与重庆南路交叉的地方，每天都有卖玉兰花的人，不只在天气

①一种与性有关的激素。——编者注

晴和的日子，他们出来卖玉兰花，有时是大风雨的日子，他们也来卖玉兰花。

卖玉兰花的人里，有两位中年妇女，一胖一瘦；有一位消瘦肤黑的男子，怀中抱着幼儿；有两个小小的女孩，一个十岁，一个八岁；偶尔，会有一位背有点弯的老先生和一位白发苍苍的老妇，也加入贩卖的阵容。

如果在一起卖的人多，他们就和谐地沿着罗斯福路、新生南路步行扩散，所以有时候沿着和平东西路走，会发现在复兴南路口、建国南路口、新生南路口、罗斯福路口、重庆南路口都是几张熟悉的脸。

卖花的不管是老人还是孩子，他们都非常和气，端着用湿布盖好以免玉兰枯萎的木盘子从面前走过。开车的人一摇手，他们绝不会有任何嗔怒之意；如果把车窗摇下，他们会赶忙站到车窗口，送进一缕香气来。在绿灯亮起的时候，他们就站在分界的安全岛上，耐心等候下一个红灯。

我自己就是大学教授、交通专家所诅咒的那些姑息卖玉兰花认的人，不管是在什么样的路口，遇到任何卖玉兰花的人，我总是忘了交通安全的教训，买几串玉兰花，买到后来，竟认识了罗斯福路、重庆南路几位卖玉兰花的人。

买玉兰花时，我不是在买那些清新怡人的花香，而是买那生活里辛酸苦痛的气息。

每回看到卖花的人，站在烈日下默默拭汗，我就忆起我的童年时代为了几毛钱在烈日下卖支仔冰、在冷风里卖枣子糖的过去。在心里，我可以贴近他们心中的渴盼，虽然他们只是微笑着挨近车窗，但在心底，是多么希望，有人摇下车窗，买一串花。这关系着人间温情的一串花才卖十元，是多么便宜，但便宜的东西并不一定廉价，在开着冷气的车里坐着的人，能不能理解呢？

几个卖花的人告诉我，最常向他们买花的是出租车司机，大概是出租车司机最能理解辛劳奔波的生活是什么滋味，他们对街中卖花者遂有了最深刻的同情。其次是开小车子的人。最难卖的对象是开着豪华进口车、车窗是黑色的人，他们高贵的脸一看到玉兰花贩走近，就冷漠地别过头去。

有时候，人间的温暖和钱是没有关系的，我们在烈日焚烧的街头动了不忍之念，多花十元买一串花，有时在意义上胜过富者为了表演慈悲、微笑照相登上报纸的百万捐输。

不忍？

是的，我买玉兰花时就是不忍看人站在大太阳下讨生活，他们为了激起人的不忍，有时把婴儿也背了出来（有人批评他们把孩子背到街上讨取人的同情是不对的）。可是我这样想：当妈妈出来卖玉兰花时，孩子要交给保姆或佣人吗？当我们为烈日曝晒而心疼那个孩子，难道他的母亲不痛心吗？

遇到有孩子的，我们多买一串玉兰花吧！不要问什么理由。

我是这样深信：站在街头的这一群沉默卖花的人，他们如果有更好的事做，是绝对不会到街上来卖花的。

设身处地地为苦恼的人着想，平等地对待他们，这就是"随顺"，我们顺着人的苦恼来满足他们的愿望，用更大的慈和的心情让他们不要在窗口空手离去，那不是说我们微薄的钱真能带给卖花的人什么利益，而是说我们因有这慈爱的随顺，使我们的心更澄澈、更柔软，洗涤了我们的污秽。

"一切众生而为树根，诸佛菩萨而为华果，以大悲水浇益众生，则能成就诸佛菩萨智慧华果。"

我买玉兰花的时候，感觉上，是买一瓣心香。

随缘

有一位朋友，她养了一条土狗，狗因左后脚被车子碾过，成了瘸子。

朋友是在街边看到这条小狗的，那时小狗又脏又臭，在垃圾堆里捡拾食物。朋友是个慈悲的人，就把它捡了回来。按照北方的习俗，名字越俗贱的孩子越容易养，朋友就把那条小狗正式命名为"小瘸子"。

小瘸子原是人见人恶的街狗，到朋友家以后就显露出它如金玉一般的美质。它原来是一条温柔、听话、干净、善解人意的小狗，只是因为生活在垃圾堆里，它的美丽一直未被发现吧。它的外表除了有一点土，其实也是不错的，它的瘸，到后来反而是惹人喜爱的一个特点，因为它不像平凡的狗乱纵乱跳，倒像一个温驯的孩子，总是优雅地跟随它美丽的女主人散步。

朋友对待小瘸子也像对待孩子一般，爱护有加，由于她对一条瘸狗的疼爱，在街间中的孩子们都唤她："小瘸子的妈妈。"

小瘸子的妈妈爱狗，不仅孩子知道，连狗们也知道，她有时在外面散步，巷子里的狗都跑来跟随她，并且用力地摇尾巴，到后来竟成为一种极为特殊的景观。

小瘸子慢慢长大，成为人见人爱的狗，天天都有孩子专程跑来带它去玩，天黑的时候再带回来。由于爱心，小瘸子竟成为巷子里最得宠的狗，任何名种狗都不能和它相比。也因为它的得宠，有人以为它身价不凡，一天夜里，小瘸子狗被抱走了，朋友和她的小女儿伤心得就像失去一个孩子。巷子里的孩子也怅然失去最好的玩伴。

两年以后，朋友在永和一家小面摊子上认出了小瘸子，它又恢复了在垃圾堆的日子，守候在桌旁捡拾人们吃剩的肉骨。

小瘸子立即认出它的旧主人，人狗相见，忍不住相对落泪，那小瘸子流下的眼泪竟滴到地上。

朋友又把小瘸子带回家，整条巷子因为小瘸子的回家而充满了喜庆的气息，这两年间小瘸子的遭遇是不问可知的，一定受过不少折磨，但它回家后又恢复了往日的神采。不久以后，小瘸子生了一窝小狗，生下的那天就全被预约，被巷子里甚至远道来的孩子所领养。

做过母亲的小瘸子比以前更乖巧更安静了。有一次，我和朋友去买花，它静静跟在后面，不肯回家，朋友对它说了许多哄小孩一样的话，它才脉脉含情地转身离去。从那一次以后，我再也没有看过小瘸子了，它是被偷走了呢，还是自己离家而去，或是被捕狗队的人所逮捕？没有人知道。

朋友当然非常伤心，却不知道在什么时间什么地点可以再与小瘸子会面。朋友与小瘸子的缘分又是怎么来的呢？是随着前世的因缘，或是开始在今生的会面？

一切都未可知。

但我的朋友坚信有一天能与小瘸子再度相逢，她美丽的眼睛望着远方说："人家都说随缘，我相信缘是随愿而生的，有愿就会有缘，没有愿望，就是有缘的人也会错身而过。"

大四喜

中土难生

　　新年的时候，与朋友一起到菲律宾旅行，斯时菲国南部的游击队正在和政府军作战。我想到像菲律宾这样的国家，近些年来政治动乱不安，再加上水灾、旱灾、火山爆发、地震、台风肆虐，每次都死伤惨重，天灾人祸，真不知道什么时候才能有平靖的一天，这使我想起佛经里常说的"中土难生"。

　　"中土难生"的意思并不是生在中土难，而是生在一个社会安定、生活富足、可以修习佛法之地难。如果一个地方或社会的人，终日都在恐慌之中，活命都难以为继，佛法又何以落实在生活之中呢？

　　这样想，竟使我生起一种深切的感恩心，感恩生在台湾，生在"人中不高不下之地"，既能听闻佛法，又能修习佛法，这不仅是累世积聚的福德，也是来自今生的努力。台湾可能不是最好的，但总是在中上的。我们衣食不缺，日子不致胆战心惊，又有余暇来思考人生的意义，进而修行佛法，所谓的"中土难生"，指的不就是这样的地方吗？

上报四重恩

我们佛教徒在做功课回向的时候，都会念到一句偈：

上报四重恩，

下济三涂苦，

尽此一报身，

同生极乐园。

我每次诵到"上报四重恩"这一句，心里就有深刻的感动。

"上报四重恩"就是要报佛恩、父母恩、国土恩、众生恩。

如果没有佛陀的刻苦修行、体证真理，我们就无法可闻，生命的觉悟与提升就处在茫然的状态，此所以佛恩浩瀚，正是"佛法难闻"。

如果没有父母生我、养我、育我，我不会得到今天的人身，没有人身，一切的修行便成为妄谈，智慧便不得开启，慈悲就无以落实，此刻还不知道在轮回的业海中的何处飘荡，此所以亲恩无极，正是"人身难得"。

如果没有国土的载育，提供给我们生活与教育，使我们安全地成长，不虞衣食、免于匮乏与恐惧，那么我们不会有时间坐下来禅定思维，不会有闲情来念佛修观，走向自在解脱之路。试想，我们今天如果生在天灾人祸不断的国度，纵有佛法，也无暇亲近，纵有父母，也难为护卫呀！此所以国恩深厚，正是"中土难生"。

如果没有众生的协力，农夫生产活命的作物，工人织就蔽体的衣饰，匠人建造御寒的房屋，百工研发方便的车乘，我们一天都不能过下去。我们所有的时间将奔波于耕作、裁衣、造屋、行走，哪里还有心修行呢？此所以众生的恩情无边，正是"四众难获"。

这些道理说起来非常简单，佛陀说是"上报"，其中有很深的含义。上报，一是来自感恩心，知道个人的无能与孤立，实在没有力量独立完成人生的旅程，使人能心存感念，常带情意。

从前在泰国旅行时，每天都看到僧人列队走入街坊，他们双手捧钵，目不斜视，步履庄重，行止之间充满着感恩的姿势，那是因为对"四重"的恩德有"上报"之意。我们在人群中生活，虽然不必每天双手捧钵去感恩众生的布施，但每一个人何尝不是过着托钵的生活呢？

我们托的钵里如果有佛法，盛装了智慧与慈悲，那是因为佛、菩萨、祖师、师父无私的赐予。我们托的钵里如果有身心的健全，盛装了力气与成长，那是因为父母长辈含辛茹苦、做牛做马的培育。我们托的钵里如果有政治的清明、社会的安定、经济的富足，那是因为我们有一片可以安居的国土。我们托的钵里如果有相互的友爱、协助与启发，那是因为我们的四周有许多可敬可爱的众生，他们敦睦守分、慈悲护持。

上报，二是来自谦卑心，知道生命的渺小与有限，今日得闻佛法、得有人身、得生中土、得善福报，全不是来自个人的力量，这样，我们才能谦和无争，不会得少为足，真认为自己有什么伟大的成就。

一个人会有什么样的成功，能扮演什么重要的角色，都是因缘所成，没有什么可以骄傲自负的。

当我们说到修行佛法、度化父母、改造国土、解救众生的时候，常常自居于上，若从"上报"的观点来看，我们只不过是沧海之粟、大河之沫，领受种种恩德而无知淡忘罢了。

大喜无量

有一个朋友告诉我，他在过年的时候打麻将大胜，他说："我甚至自摸了一把大四喜。"

朋友说，他打麻将数十年，这是第一次自摸到大四喜，可见今年肯定是要大发了。

我说："什么是大四喜呢？"

朋友解释了半天，我还是听不懂，他有点生气地说："怎么说呢，你也不能知道大四喜是多么稀有的牌呀！"

确实，我这辈子不可能拿到大四喜的牌，更不用说是自摸了，因为我是不打牌的人。

不过，我对朋友说，我过年的时候也自摸了一把"大四喜"，那就是更深刻地思考了"上报四重恩"的意义。

能上报佛恩，是一喜。

能上报父母恩，是二喜。

能上报国土恩，是三喜。

能上报众生恩，是四喜。

总起来是"大四喜"。

佛恩之喜，是佛告诉我们四圣谛、八正道、十二因缘，让我们不必在黑暗的生命长路中摸索，就能契入光明无量的花园，大喜无量。

父母恩之喜，是父母赐我一副健全的身心，让我们在盲龟浮木的大海中伸出头颈，得以领受智慧与慈悲的润泽，不致成为社会中的负面因素，大喜无量。

国土恩之喜，是天地化育，使我们有福报生在佛法兴盛之地、投胎于佛法通行的时代，不至于流离颠沛，大喜无量。

众生恩之喜，是不论有缘无缘，都能努力工作，使我们的生活安顿，没有后顾之忧，大喜无量。

此"大四喜"，正是喜无量心的根本。

我对朋友说："我虽然不能体会你自摸大四喜的快乐，但是我的大四喜，不必等待机运，只要以心思维，任何人都可以体会呀！"

最胜福田

"上报四重恩"，不是微小的事。

根据《优婆塞戒经》《像法决疑经》《大智度论》的说法，人生于世界，有三种可生福德之田，称为"三福田"。

第一种福田叫"敬田"，也叫"恭敬福田"，就是尊敬佛、法、僧三宝，可以使一个人的心田因恭敬而生起功德。

第二种福田叫"恩田"，也叫"报恩福田"，就是报答父母师长的教养，可以使一个人的心田因恩情而生起功德。

第三种福田叫"悲田"，也叫"怜悯福田"，就是悲悯贫病者，可以使一个人的心田因慈悲而生起功德。

《广弘明集》说，今论福德乃以悲敬为始。悲则能哀矜苦趣之艰辛，欲愿拔济彼等出离；敬则知佛法难遇，能信仰弘布之。

《正法念处经》说，佛为出三界的最胜福田，父母为三界内的最胜福田，要种福田的人，必从对佛的恭敬与父母的报恩开始。

但，佛也是从众生中觉悟的，而父母正是芸芸众生之一，所以真实的报恩则是使恩德落实于一切众生。

在众生之中，看见了佛的心，这是上报。

在父母的爱中，看见了菩萨的心，这是上报。

想种福田的人，从四重恩中思维与体验，就是在播种福田的种子。

新春祈愿，愿人人都能上报四重恩，并从中得大四喜，进而喜无量心，得大自在。

纯善

从前有一个人，偶然在路上看见一尊佛像，他心里想："如果有人从这佛像上面跨过，岂不是造了恶业？"于是他把佛像请去安放在路边。

因为他动机是纯善的，所以造了善业。

后来有一个人走过同一个地方，发现了路边的佛像，心想："这尊佛像上面没有东西遮盖，日晒雨淋，日久一定会毁坏。"他想保护佛像，左找右找，在佛像旁边找到一只破旧的鞋子，于是把鞋子盖在佛像上面。

在平常的情况，这种行为当然非常要不得，由于他在当时动机非常纯善，也给他了善业。

不久，又有一个人走过，看见鞋子盖在佛像上，心想："是谁把鞋子放在佛像上，真是太可恶了。"于是，他赶紧把鞋子丢掉。

这个人动机纯正，当然也造了善业。

随后又来了一个人，他看见被放在路旁的佛像，心想："这太不恭敬了，不应该把佛像放在这里。"于是顺手把佛像放在附近的墙头。

他因此也造了善业。

最后来了一个人，他想："佛像应该在家虔诚地供养才对。"于是，他把佛像请回家，清理洁净，找到一个清净的地方供养起来，每天焚香礼拜供养。

这个人也一样造了善业。

这是密宗教化人关于身、口、意三业清净的一个故事，说明了人所造的业，主要是在他背后的动机，行为反而在其次了。因此，要使自己三业清净，一定要先有一个清净的意念，只要意念纯善，身业、口业的清净也就容易达到了。

纯善的意念是哪里来的呢？纯善的意念是来自心的智慧与慈悲之开启。有许多佛弟子常常发愿说："我要为佛教工作。"一位上师曾说这种观念是不够广大的，佛的弟子应该发愿为所有的众生工作，把自己的福德用来与众生的苦难相交换，甚至在呼气时，观想把自己拥有的善根福德随风飘送给众生，在吸气时，观想一切众生的众苦都流入我身，这样久而久之，就会进入纯善的境地。

所谓的纯善，就是利他，就是慈悲喜舍，就是发菩提心。我很喜欢几段关于菩提心的格言：

修行者心中若存有真实菩提心，即使他只是撒一些谷物给小鸟吃，也算是大乘行者，堪称为菩萨。如果没有菩提心，纵然将珍宝充满三千世界有施给一切众生，也不能算大乘行者，更不能称为菩萨。

一旦发起大悲心和菩提心，即使他是宇宙中最邪恶的众生，也能当下成为佛之子，成为一切众生最伟大者。

我们不要只顾珍爱自己，要把众生看得远比自己重要。我们必须准备接受极大的苦难，以把幸福带给众生。我们只能为众生的利益而思而行。

如果我们不能忍受任何牺牲或帮助别人，我们就丧失了发菩提心的要义。

菩提心的要义有很多，但是只要我们时时保有善与正的品性，并随喜别人善与正的品性，那么，不但我们的想法与发心是清净的，我们的行为和最后的成就也必然是清净的。

再回到前面的故事，那在路边被弃置的佛像，正是我们心的象征。有的人怕被践踏，就把自己的心放在旁边；有的人为了保护自己的心，却盖上一只破鞋子；有的人喜欢心胸坦荡，就丢掉鞋子；有的人则把心放在高高的墙头，看待这个世间。

最后一个人，他捡回自己的心，宝爱自己的心，在清净的地方，他用菩提与大悲来供养，使心有了安住的所在——这是"心即是佛"，这是"纯善"！

纯善也许很难，但可以从小处训练，这里有一个故事能给我们更大的启示：

从前在印度，有一个生性非常悭吝的人，不要说叫他布施，就是教他开口说出"布施"这两个字，他都觉得非常困难，因为在他心里，根本没有一丝一毫布施他人的意愿。

后来，他遇见了佛陀，从佛陀的教化中知道了布施的功德，可是由于心性悭吝，还是无法行布施。

佛陀先叫他右手拿一把草，教他想象把右手当自己，左手当别人，然后教他把那微不足道的草交给左手。即使只是这样，那人开始仍然犹豫不决，反复地想："我是不是要把右手的东西交给左手呢？"

后来他想："左手也是我自己的手嘛！"于是就交给左手了。

经过几次练习，佛再教他把左手的东西交给右手，左右手反复训练久了，他慢慢习惯把东西给出来，也发展了布施心，终于能布施自己的财产，最后他有了大菩提心。为了利益众生，甚至布施了自己的身体，乃至生命！

菩萨给我的，是右手交给左手，我给众生的是左手交给右手。不管是左手还是右手，都是我自己的手，一样美，一样好，一样痛，一样苦难，流着一样的血。想到这里，就荡气回肠起来，心胸热流滚滚，放眼云山，恒美如斯。

那澄观清明的云山，是不是我的左手，或者右手呢？

走向生命的大美

走向生命的大美

清末王国维在《人间词话》里，曾经说到古今成大事业、大学问的人必须经过三种境界：

第一种境界是"昨夜西风凋碧树，独上高楼，望尽天涯路"。意思是说有感性的胸怀，见到西风里凋零的碧树心有所感，在内心里有理想的抱负与未来的追寻，虽有孤独与苍茫之感，但有远见，对生命有辽阔的视野。

这三句的原作者是宋朝的晏殊，出自他的《蝶恋花》，原词是："槛菊愁烟兰泣露，罗幕轻寒，燕子双飞去。明月不谙离恨苦，斜光到晓穿朱户。昨夜西风凋碧树，独上高楼，望尽天涯路。欲寄彩笺兼尺素，山长水阔知何处？"

第二种境界是"衣带渐宽终不悔，为伊消得人憔悴"。意思是说不只要有追寻理想的热情与勇气，还要有坚持、有执着，去实践自己所信奉的真理，即使人变瘦了、衣带变宽了，也能百折不悔。

这两句的原诗出自宋朝诗人柳永的《凤栖梧》，原词是："伫倚危楼风细细，望极春愁，黯黯生天际。草色烟光残照里，无言谁会凭阑意？拟把疏狂图一醉，对酒当歌，强乐还无味。衣带渐宽终不悔，为伊消得人憔悴。"

第三种境界是"众里寻他千百度，蓦然回首，那人却在灯火阑珊处"。意思是经过非常长久的努力追寻，饱受人生的沧桑，到后来猛然回首，那要追寻的却在自己走过的道路上，灯火阑珊的地方。

这三句典出宋朝词人辛弃疾的《青玉案》，原词是："东风夜放花千树，更吹落，星如雨。宝马雕车香满路，凤箫声动，玉壶光转，一夜鱼龙舞。蛾儿、雪柳、黄金缕，笑语盈盈暗香去。众里寻他千百度，蓦然回首，那人却在灯火阑珊处。"

从前读《人间词话》到人生的三种境界时，虽有感触，但不深刻，到最近几年，这三重境界之说时常在心中浮现，格外感受到王国维对生命的智见。他论的虽然是诗词、是事功、是人格，讲的实际上是人从凡夫之见超越的历程，到最后那种"众里寻他千百度，蓦然回首，那人却在灯火阑珊处"，简直是开悟的心境了，使我想起一首禅诗"终日寻春不见春，芒鞋踏破岭头云，归来笑拈梅花嗅，春在枝头已十分"，也不禁想到菩萨在人间留下一丝有情那样的心境。

一个人要"众里寻他千百度"，必然要经验人生的许多历程。而要"蓦然回首"则需要一种明觉，至于站在灯火阑珊处的那人，不是别人，而是一个原点，是那个"独上高楼，望尽天涯路"的自我呀！

诗人虽然出自情感与灵感来表达自我，但其中有一种明觉，或者与禅师不同，我相信那明觉之中有如同镜子一样澄明的开悟的心——这种历程，在某些作品里是历历可见的。

宋朝诗人蒋捷曾有一首《虞美人》，很能看出这种提升的历程。

少年听雨歌楼上，红烛昏罗帐；

壮年听雨客舟中，江阔云低，断雁叫西风；

而今听雨僧庐下，鬓已星星也；

悲欢离合总无情，一任阶前，点滴到天明。

在僧庐下听雨的白发诗人，体会到人世悲欢离合的无情就像阶前的雨一样错落无常，心境上是有一种悟境的。与禅心不同的是，禅心以智为灯芯，诗人则以美作为点燃，这就是为什么我们读到李贺"天若有情天亦老"之句，要为之低徊不已了，或者读到龚自珍的"落红不是无情物，化作春泥更护花"要为之三叹了。

一个好的开悟的境界，或者崇高的人格与事功，都不是无情的，它是一种经过净化的有情的心。这种经过净化的有情，我们可以称之为"觉有情"，有如道绰大师说的，就像天鹅在水中悠游，沾水而羽毛不湿。

好的文学、优美的诗歌，无不是在"有情中有觉"，创作者既提升了自我的情感经验，也借以转化，溶解成人人都能提升的情感经验，来唤醒大众内在的感觉的呼声。这是为什么历来伟大的禅师在开悟之际都会写下诗歌，而开悟之后，有许多禅师也往往以诗歌示教。在显教最有名的是六祖慧能，传说他不识字，但读他的作品《六祖坛经》竟有如诗偈一样。在密宗最著名的是密勒日巴，传说他留传的诗歌竟有数万首之多。

寒山、拾得不也是这样吗？他们是山野里的隐士，却也忍不住把自己的心境写在山间石壁，幸好有人抄录才不致失传。但是，我也不禁想到，以寒山、拾得的诗才，写诗的那种劲道，一定有更多的诗隐于石上、壁上，与草木同朽，后人无缘得见了。

为什么悟道者爱写诗呢？原因何在？我想在最根本处是，禅学或佛教是一种美，在人生中提升美的体验，使一个人智慧有美、慈悲有美、生活有美，语默动静无一不美，那才是走向佛道之路。

失去了美，佛道对人生还有什么价值呢？

唯有心性的绝美，才使人能洗涤贪、嗔、痴、慢、疑五毒；也唯有绝美的心，才能面对、提升、跨越人生深切的痛苦。

因此，道是美，而走向道的心情是一种诗情，诗情与道情转折的驿站则是"觉"。

菩萨之所以叫"觉有情"，是因为菩萨从来没有失去感性的怀抱，与凡夫不同的是，他在有情中不失觉悟的心。

菩萨所以个个心性皆美，长相也无不庄严到达极致，则是启示了我们，美是无比重要的，最深刻的美则是来自有情的锤炼。

即使是佛，十方诸佛都是"相好庄严"，经典里说到佛之美，有"三十二相，八十种好"之说，因此，佛的相、佛的心，都是绝美。

了解到佛道的追求是生命完美的追求，我模仿王国维之说，凡是古今走向"觉有情"之道者，也必经三种境界：

　　第一种境界是"笑渐不闻声渐悄，多情却被无情恼。"（语出苏东坡《蝶恋花》）

　　第二种境界是"我见青山多妩媚，料青山见我应如是。情与貌，略相似"。（语出辛弃疾《贺新郎》）

　　第三种境界是"千锤万凿出深山，烈火焚烧若等闲。粉骨碎身浑不怕，要留清白在人间"。（语出于谦《咏石灰》）

　　真正觉有情的菩萨，全是多情的种子，他们在无情的业障人世之中，因烦恼生起菩提之心。然后体会到一切有情都会被无情所恼，思有以解脱，心性与眼界大开，看到世间的美与苦难是并存的，正如青山与我并无分别。最后宁可再跃入有情的洪炉，不畏任何障碍，为了留一点清白在人间。

　　一个人人格境界的确立正是如此，是在有情中打滚、提炼，终至永葆明觉，观照世间，那时才知道什么叫作"蓦然回首"了。

　　唯有清明的心，才体验到什么是真实的美。

　　唯有不断的觉悟，才使体验到的美更深刻、广大、雄浑。

　　也唯有无上正觉的人，才能迈向生命的大美、至美、完美，与绝美呀！

爱语

读《大般若波罗蜜多经》，讲到了菩萨的"四摄"，非常令人感动。

什么是"四摄"呢？就是布施、爱语、利行、同事四种摄受一切有情，令有情众生起亲爱之心，然后得闻正法的方法。四摄与"慈悲喜舍"四无量心，和"布施、持戒、忍辱、精进、禅定、智慧"六波罗蜜，都是菩萨行的重要方法。但是四无量心和六波罗蜜都有止恶、行善、自净、利他四种意义，是自利利他的，唯独四摄是纯粹的利他。

其中特别令人动容的是"爱语"，由于我们在这污浊的人间，每天都在忍受种种不优美、不纯净的语言，所以爱语显得特别重要。

什么是"爱语"呢？《瑜伽师地论》里说：

"云何菩萨自性爱语？谓诸菩萨于诸有情，常乐宣说悦可意语、谛语、法语、引摄义语，当知是名略说菩萨爱语自性。

"云何菩萨一切爱语？谓此爱语略有三种：一者菩萨设慰喻语，由此语故，菩萨恒时对诸有情，远离颦蹙、先发善言，舒颜平视，含笑为先。……以是等相慰问有情……二者菩萨设庆悦语，由此语故，菩萨若见有情妻子眷属财谷其所昌盛而不自知，如应觉悟以申庆悦，或知信戒闻舍慧增亦复庆悦。三者菩萨设胜益语，由此语故，菩萨宣说一切种德圆满法教相应之语，利益安乐一切有情。"

我们用白话来说，就是菩萨对一切有情众生，常用欢喜的言辞说令人欢喜的话、真实的话、正法的话、引导进入道理的话，这是爱语的性质。

菩萨所用的爱语有三种：一种是安慰晓喻语，以和颜悦色，不愁眉苦脸来安慰众生，使众生心安而明义理；二是欢喜庆祝语，凡看到人家妻贤子孝、衣食丰足，或看到人家在正法上有所得，都能欢喜地庆祝；三是殊胜利益语，是说菩萨的语言永远和义理、正法圆融相应，使一切有情众生听了能有利益而得安乐。

爱语，是我们现代社会普遍冷漠的一帖良药，有时我们一整天没有说过一句爱语，同样一整天没听过一句爱语。我们听到的如果不是言不及义的话，就是妄语、恶口、两舌、绮语，常常觉得难以消受。

有一次，我到区公所排队办事，排了老半天，看到办事的小姐一直紧绷着脸，从没有对一个人和颜悦色、好言相向。当然，每一个人面对她时，无不是胆战心惊、小心翼翼，使我想到，像这样的小姐，她活着是多么孤单而痛苦啊！她脸上和心上的每一条筋肉都因冷酷而僵硬了。

如果有一天她从迷执中醒来，用爱语来帮助排队办事的人，她不就是菩萨了吗？因为爱语就是布施，就是利行，就是同事，是一切菩萨的立足之处。

来果禅师说："恶口一言，角长头上；伤人一语，尾生臀际。"这是警策之语，更进一步的，应是仁者口中无恶言，也就是爱语。佛经里说四无量心，慈是无嗔、悲是不害、喜是庆悦、舍是平等，爱语在本质上就包含了四种无可限量的心行。因为只有无嗔、不害、庆悦、平等的人才说得出爱语；也只有常说爱语的人才能庄严清净、常怀欢喜、心胸明朗，不被一切的烦恼所恼害，不为一切外境所摇动。

在这个社会，只要人人肯一天说几次爱语，就不知道要增加多少和谐优雅的气氛了。

在微细的爱里

苏东坡有一首五言诗,我非常喜欢:

钩帘归乳燕,穴纸出痴蝇。
为鼠常留饭,怜蛾不点灯。

对才华盖世的苏东坡来说,这算是他最简单的诗,一点也不稀奇,但是读到这首诗时,我的心深深颤动,因为隐在这简单诗句背后的是一颗伟大细致的心。

钩着不敢放下的窗帘,是为了让乳燕能归来。看到冲撞窗户的愚痴的苍蝇,赶紧打开窗门让它出去吧!

担心家里的老鼠没有东西吃,时常为它们留一点饭菜。夜里不点灯,是爱惜飞蛾的生命呀!

诗人那个时代的生活我们已经不再有了，因为我们家里不再有乳燕、痴蝇、老鼠和飞蛾了，但是诗人的情境我们却能体会，他用一种非常微细的爱来观照万物。在他的眼里，看见了乳燕回巢的欢喜，看见了痴蝇被困的着急，看见了老鼠觅食的心情，也看见了飞蛾无知扑火的痛苦，这是多么动人的心境呢？我们有很多人，对施恩给我们的还不知感念，对于生活在我们身边的苦痛的人吝于给予，甚至对于人间的欢喜悲辛一无所知，当然也不能体会其他众生的心情。比起这首诗，我们是多么粗鄙呀！

不能进入微细的爱里的人，不只是粗鄙，他也一定不能品味比较高层次的心灵之爱，他只能过着平凡单调的日子，而无法在生命中找到一些非凡之美。

我们如果光是对人有情爱、有关怀，不知道日落月升也有呼吸，不知道虫蚁鸟兽也有欢歌与哀伤，不知道云里风里也有远方的消息，不知道路边走过的每一只狗都有乞求或怨怨的眼神，甚至不知道无声里也有千言万语……那么，我们就不能成为一个圆满的人。

我想起一首杜牧的诗，可以和苏轼这首诗相配，他这样写着：

已落双雕血尚新，鸣鞭走马又翻身。

凭君莫射南来雁，恐有家书寄远人。

只手之声

如果要我选一种最喜欢的花的名字，我会投票给一种极平凡的花：含笑。

说含笑花平凡一点也不错，在乡下，每一家院子里它都是不可少的花，与玉兰、桂花、七里香、九重葛、牵牛花一样，几乎是随处可见。它的花形也不稀奇，拇指大小的椭圆形花隐藏在枝叶间，粗心的人可能视而不见。

比较杰出的是它的香气，含笑之香非常浓盛，并且清明悠远。邻居家如果有一棵含笑开花，香气能飘越几里之远，它不像桂花香那样含蓄，也不如夜来香那样跋扈，有点接近玉兰花之香，潇洒中还保有风度，维持着一丝自许的傲慢。含笑虽然十分平民化，香味却是带着贵气。

含笑最动人的还不是香气，而是名字。一般的花名只是一个代号，比较好的则有一点形容，像七里香、夜来香、百合、夜昙都算是好的。但很少有花的名字像含笑，是有动作的。所谓含笑，是似笑非笑，是想笑未笑，是含羞带笑，是嘴角才牵动的无声的笑。

记得小时候有一次看见含笑开了，我从院子跑进屋里。见到人就说：

"含笑开了，含笑开了！"说着说着，感觉那名字真好，让自己的嘴也禁不住带着笑，又仿佛含笑花真是因为笑而开出米白色没有一丝杂质的花来。

第一位把这种毫不起眼的小白花取名为"含笑"的人，是值得钦佩的，可想而知，他一定是在花里看见了笑意，或者自己心里饱含喜悦，否则不可能取名为含笑。

含笑花不仅有象征意义，也能贴切说出花的特质，含笑花和别的花不同，它是含苞时最香，花瓣一张开，香气就散走了。而且，含笑的花期很长，一旦开花，从春天到秋天都不时在开，让人感觉到它一整年都非常喜悦，可惜含笑的颜色没有别的花多彩，只能算含蓄地在笑着罢了。

知道了含笑种种，使我们知道含笑花固然平常，却有它不凡的气质和特性。

但我也知道，"含笑"虽是至美的名字，这种小白花如果不以含笑为名，它的气质也不会改变，它哪里在乎我们怎么叫它呢？它只是自在自然地生长，并开花，让它的香远扬而已。

在这个世界上，许多事物都与含笑花一样，有各自的面目，外在的感受并不会影响它们，它们也从来不为自己辩解或说明，因为它们的生命本身就是最好的说明，不需要任何语言。反过来说，当我们面对没有语言、沉默的世界时，我们能感受到什么呢？

在日本极有影响力的白隐禅师，他曾设计过一则公案，就是"只手之声"，让学禅的人参一只手有什么声音。后来，"只手之声"成为日本禅法重要的公案，他们最爱参的问题是："两掌相拍有声，如何是只手之声？"或者参："只手无声，且听这无声的妙音。"

我们翻看日本禅者参"只手之声"的公案，有一些真能得到启发，例如：

老师问："你已闻只手之声，将做何事？"

学生答："除杂草、擦地板，师若倦了，为师按摩。"

老师问："只手的精神如何存在？"

学生答："上挂三十三天之顶，下抵金轮那落之底，充满一切。"

老师问："只手之声已闻，如何是只手之用？"

学生答："火炉里烧火，铁锅里烧水，砚台里磨墨，香炉里插香。"

老师问："如何是十五日以前的只手，十五日以后的只手，正当十五日的只手？"

学生伸出右手说："此是十五日以前的只手。"

伸出左手说："此是十五日以后的只手。"

两手合起来说："此是正当十五日的只手。"

老师问："你既闻只手之声，且让我亦闻。"

学生一言不发，伸手打老师一巴掌。

一只手能听到什么声音呢？在一般人可能是大的迷惑，但禅师不仅听见只手之声，在最广大的眼界里从一只手竟能看见华严境界的四法界（理法界、事法界、理事无碍法界、事事无碍法界）。有禅师伸出一只手说："见手是手，是事法界。见手不是手，是理法界。见手不是手，而见手又是手，是理事无碍法界。一只手忽而成了天地，成了山川草木森罗万象，而森罗万象不出这只手，是事事无碍法界。"

可见一只手真是有声音的！日本禅的概念是传自中国，中国禅师早就说过这种观念。例如：

道吾禅师问云岩禅师说："大悲菩萨千手眼邪（同"哪"——编者注）个是正眼？"云岩说："如人夜间背手摸枕子。"道吾说："我会也！"云岩："做么生会？"道吾说："遍身是手眼！"云岩："道也太煞道，只道得八成。"道吾说："师兄做么生？"道吾说："通身是手眼！"

通身是手眼，这才是禅的真意，那须仅止于只手之声？

从前，长沙景岑禅师对弟子开示说："尽十方世界是沙门眼，尽十方世界是沙门全身，尽十方世界是自己光明，尽十方世界在自己光明里，尽十方世界无一人不是自己。"这岂只是一只手的声音！十方世界根本就与自我没有分别。

一只手的存在是自然，一朵含笑花的开放也是自然，我们所眼见或不可见的世界，不都是自然地存在着吗？

即使世界完全静默，有缘人也能听见静默的声音，这就是"只手之声"，还有只手的色、香、味、触、法。在沉默的独处里，我们听见了什么？在噪闹的转动里，我们没听见的又是什么呢？

有的人在满山蝉声的树林中坐着，也听不见蝉声；有的人在哄闹的市集里走着，却听见了蝉声。对于后者，他能在含笑花中看见饱满的喜悦，听见自己的只手之声；对于前者，即使全世界向他鼓掌，也是惘然，何况只是一朵花的含笑呢！

·
·
·

在这个世界上，许多事物都与含笑花一样，有各自的面目，

外在的感受并不会影响它们，

它们也从来不为自己辩解或说明，

因为它们的生命本身就是最好的说明，不需要任何语言。

半梦半醒之间

去买闹钟的时候，钟表店的老板建议我买一种"懒人闹钟"。

"什么是懒人闹钟呢？"

"懒人闹钟是为懒人而设计的。一般闹钟响时只有一种声音，懒人闹钟响的时候，节奏由慢而快，由缓而急，到最后会闹得人吃不消；一般闹钟一按就停，懒人闹钟按了不会停，每隔五分钟它就会再响起来，除非把总开关关掉。"老板边说边从橱柜中取出一具体积很小的电子钟，示范给我看。

"什么样的人会买这种懒人闹钟呢？"

"一般人都会买呀！因为大家对自己都不是绝对有信心的，特别是冬天的清晨要起来真不容易。"

"可是，如果他起来把总开关关掉，这闹钟还是没有用。"

"对呀！对于真正的懒人，再好的闹钟也没有用，闹钟是给那些介于半梦半醒之间的人使用的。"

与我一向熟识的钟表行老板，讲出这么有哲理的话，令我颇为惊异，于是我接着问："什么是半梦半醒之间呢？"

老板说："一个人刚被闹钟唤醒的时候，就处在半梦半醒之间。如果一听到闹钟响，立刻能处在清醒的状态，这种人在佛教里叫作'慧根'；如果闹钟怎么叫也叫不醒，甚至爬起来把总开关关掉，这种人叫'钝根'。一般人既不是慧根，也不是钝根，而是'凡根'。所谓凡根，是会清醒，会迷失；会升华，也会堕落；是听到闹钟响时，徘徊挣扎在半梦半醒之间。对这样的人，一个好闹钟才是有帮助的。在半梦半醒之间的人，是比较易于再入梦，不易于醒来的，这时需要一再地叮咛、嘱咐、催促，懒人闹钟在这时就能发挥它的效益。"

真没有想到钟表行老板是一个哲学家，最后就买了一个懒人闹钟回家。每天清晨闹钟响的时候，我总是想起老板所说的话，口念阿弥陀佛，立刻跃起，关掉闹钟的总开关，开始一天的工作，因为我希望做一个有"慧根"的人。

过了一阵子，我买的懒人闹钟竟坏掉了，拿去检修，查出来的原因是，由于太久没有让它"闹"，最后这闹钟竟不会闹了。老板说："电子的东西就是这样，你没机会让它叫，过一阵子它就不会叫了。"

回家的路上，我想到，如果依"慧根、钝根、凡根"来推论，一个有慧根的觉醒者，长久不让妄想、执着有出头来闹的机会，最后就会连无明习气都不会叫了。

其实，"凡心"与"佛心"并无差别。凡心是迷梦未醒的心，佛心是在长睡中悠悠醒来的心；凡心是未开的花苞，佛心是已开的花朵。未开者是花，已开者也是花，只不过已开的花有美丽的色彩、有动人的香气、能展现春天的消息罢了。

我们既没有慧根能彻底地醒觉，但我们也不是完全迷梦的钝根。我们一般人都是介于梦与醒的边缘，都是在半梦半醒之间，就在此时此地的生活里，我们不全是活在泥泞污秽的大地。在某些时刻，我们的心也会飞翔到有晴空丽日、有彩虹朝霞的境界，偶尔我们也会有草地一般柔美、月亮一样光华、星辰一样闪烁的时刻，用一种清明的态度来看待生命。

那种感觉，就像清晨被闹钟从睡梦中唤醒。

可惜复可叹的是，当闹钟响过之后，我们很快地会被红尘烟波所淹没，又沦入了梦中。

醒是好的，但醒不能离开梦而独存；觉是好的，但觉也不能离开迷惘而起悟。

生活中本就有梦与醒、迷与觉的两面，人在其中彷徨、挣扎、奋斗、追求，才使生命的意义、永恒的价值在历程中闪闪生辉，这是为什么达摩祖师写下如此动人的偈语：

亦不睹恶而生嫌，

亦不观善而勤措，

亦不舍智而近愚，

亦不抛迷而求悟。

　　人生的不完满并不可怕，人投生到有缺憾的娑婆世界也不可怕，怕的是永处迷途而不觉，永堕沉梦而不惊，怕的是在心灵中没有一个闹钟，随时把我们从无明、习气、妄想、执着中叫醒。

　　我们从睡梦中醒来的时候，向人宣说梦境，《般若经》说这是"梦中说梦"，因为人生就是一个大梦，睡眠中的梦固是虚假不实，人所走过的生命何处能寻找真切的足迹呢？《入楞伽经》中，佛说："诸凡夫痴心执着，堕于邪见，以不能知但是自心虚妄见故。是故我说一切诸法如幻如梦，无有实体。"一切诸法无有实体，如梦如幻，梦幻本空，悉无所有，凡夫执着于我，所以沉沦于生死大海中轮转不已，迷梦也就无法终止。

　　梦中还有梦在，这是生命的遗憾，而觉中还有觉在，则是生命的幸运。

　　觉，是菩提之意，是对烦恼的侵害可以察觉，对无明昏暗能明朗了知，心性远离妄想，而能照能用，做自己的主宰。

　　幻化如花，花果飘零之后，另外的花从哪里开呢？

　　梦境如流，河水流过之后，新的河水由何处流来呢？

　　《圆觉经》里说："一切众生种种幻化，皆生如来圆觉妙心，犹如空花，从空而有，幻花虽灭，空性不坏，众生幻心，还依幻灭，诸幻尽灭，觉心不动。"

　　在落花的根部、在流水的源头，有一个有生机的清明的地方，只要我们寻根溯源，就能在那里歇息了。

　　善男子！善女人！在半梦半醒之间，让我们听着心的闹钟吧！一跃而起，走向清净、庄严、究竟之路。

写在水上的字

生命的历程就像是写在水上的字，顺流而下，想回头寻找的时候总是失去了痕迹，因为在水上写字，无论多么费力，那水都不能永恒，甚至是不能成形的。

因此，如果我们企图要停驻在过去的快乐，那是自寻烦恼，而我们不时从记忆中想起苦难，反而使苦难加倍。生命历程中的快乐或痛苦，欢欣或悲叹都只是写在水上的字，一定会在时光里流走。

就像无常的存在是没有实体的。

实体的感受只是因缘的聚合，如同水与字一般。

身如流水，日夜不停流去，使人在闪灭中老去。

心也如流水，没有片刻静止，使人在散乱中迷茫地活着。

身心俱幻正如流水上写字，第二笔未写，第一笔就流到远方。

爱，也是流水上写的字，当我们说爱时，爱之念已流到远处。美丽的爱是写在水上的诗，平凡的爱是写在水上的公文，爱的誓言是流水上偶尔飘过的枯叶，落下时，总是无声地流走。

身心无不迁灭，爱欲岂有长驻之理？

既然生活在水上，且让我们顺着水的因缘自然地流下去。看见花开，知道是开花的因缘具足了，花朵才得以绽放；看见落叶，知道是落叶的因缘具足了，树叶才会落下来。在一群陌生人之中，我们总会碰到那有缘的人，等到缘尽情了，我们就会如梦一样忘记他的名字与面孔，他也如同写在水上的一个字，在因缘中散灭了。

我们的生活为什么会感觉到恐惧、惊怖、忧伤与苦恼，那是由于我们只注视写下的字句，却忘记字是写在一条源源不断的水上。水上的草木一一排列，它们互相并不顾望，顺势流去，人的痛苦是前面的浮草总思念着后面的浮木，后面的水泡又想看看前面的浮沤。只要我们认清字是写在水上，就能心无挂碍，无有恐怖，远离颠倒梦想。

不能认清生命的历程是写在水上的字的人，是以迷心来看世界，世界就会变成一张网，挑起一个网目，就罩在千百个网目的痛苦中。

认清了万法如水，万事万物是因缘偶然的聚合，这是以慧心来观世界，世界就与自己的身心同时清净，冲破因缘之网而步上菩提之道。

在汹涌的波涛与急速的旋涡中，顺流而下的人，是不是偶尔会抬起头来，发现自己原是水上的一个字呢？

这种发现，是觉悟的开始，是菩提的芽尖。

拈花四品

不与时花竞

诵帚禅师有一首写菊的诗：

篱菊数茎随上下，无心整理任他黄。
后先不与时花竞，自吐霜中一段香。

读这首诗使人有自由与谦下之感，仿佛是读到了自己的心曲，不管这
个世界如何对待我们，我只要吐出自己胸中的香气，也就够了。

在台湾乡下有时会看到野生的菊花，各种大小、各种颜色的菊花，那
也不是真正野生的，而是随意被插种在庭园的院子里。它们永远不会被剪枝
或瓶插，只是自自然然地长大、开放与凋零，但它们不失去傲霜的本色，在

寒冷的冬季，它们总可以冲破封冻，自尊地开出自己的颜色。

有一次在澎湖的无人岛上，看见整个岛已被天人菊所侵占，那遍满的小菊即使在海风中也活得那么盎然，没有一丝怨意地兴高采烈，怪不得历史上那么多诗人画家看到菊花时都要感怀自己的身世，有时候，像野菊那样痛痛快快地活着竟也是一种奢求了。

"天人菊"，多么好的名字，是菊花中最尊贵的名字，但它是没有人要的开在角落的海风中的菊花。

最美的花往往和最美的人一样，很少人能看见，欣赏。

山野的春气

带孩子到土城和三峡中间的山中去，正好是春天。这是人迹稀少的山道，石阶上还留着昨夜留下的露水。在极静的山林中，仿佛能听见远处大汉溪的声音。

这时，我们看见在林木底下有一些紫色的花，正张开花瓣在呼吸着晨间流动的空气。那是酢浆草花，是这世界上最平凡的花，但开在山中的风姿自是不同，它比一般所见的要大三倍，而且颜色清丽，没有丝毫尘埃。最奇特的是它的草茎，由于土地肥满，最短的茎约有一尺，最长的抽离地面竟达三尺多。

孩子看到酢浆花神奇的美大为惊叹，我们便离开小路走进山间去，摘取遍生在山野相思树下的草花，轻轻一拈，一株长长的酢浆花就被拉拔起来。

春天的酢浆花开得真是繁盛，我们很快就采满一大束，回到家插在花瓶里，好像把一整座山的美丽与春天全带了回来，连孩子都说："从来没有看过这样美的花。"

来访的朋友也全部被酢浆花所惊艳，因为在我们的经验里几乎不能想象，一大束酢浆花之美可以冠绝一切花，这真是"粗服乱头，不掩国色"了。

酢浆花使我想起一位朋友的座右铭：在这个时代里，每个人都像百货公司的化妆品，你的定价能多高，你的价值就有多高。

紫蓝色之梦

在家乡附近有一个很优美的湖，湖水晶明清澈，在分散的几处，开着白色的莲花，我小时候时常在清晨雾露未退时跑去湖边看莲花。

有一天，不知从什么地方漂来一株矮小肥胖的植物，根、茎、叶子都是圆墩墩的，过不久再去看的时候，已经是几株结成一丛，家乡的老人说那是"布袋莲"，如果不立即清除，很快湖面就会被占满。

没想到在大家准备清除时，布袋莲竟开出一串串铃铛般的偏蓝带紫的花朵，我们都被那异样的美镇住了。那些布袋莲有点像旅行中的异乡人，看不出它们有什么特殊，却带着谜样的异乡的风采。布袋莲以它美丽的花，保住了生命。

来自外地的布袋莲有着强烈繁衍的生命力，它们很快地占据整个湖面，到最后甚至丢石头到湖里都丢不进去，这时，已经没有人有能力清除它了。

当布袋莲全面开花时，仍然有摄人的美，如沉浸在紫蓝色的梦境，但大家都感到厌烦了，甚至期待着台风或大水把它冲走。

布袋莲带给我的启示是：美丽不可以嚣张，过度的美丽使人厌腻，如同百货公司的化妆品专柜一样。

马鞍藤与马蹄兰

马鞍藤是南部海边常见的植物，盛开的时候就像开大型运动会，比赛着似的，它的花介于牵牛花与番薯花之间，但比前两者花形更美、花朵更大，气势也更雄浑。

马鞍藤有着非常强盛的生命力，在海边的沙滩曝晒烈日、迎接海风甚至灌溉海水都可以存活，有的根茎藏在沙中看起来已枯萎，第二年雨季来时，却又冒出芽来。

这又美又强盛的花，在海边，竟少人会欣赏。

另外，与马鞍藤背道而驰的是马蹄兰，马蹄兰的茎叶都很饱满，能开出纯白的恍若马蹄的花朵。它必须种在气温合适、多雨多水的田里，但又怕大风大雨，大雨一下会淋破它的花瓣，大风一吹又把它的肥茎摧折。

这两种花名有如兄弟的花，却表现了完全相反的特质，当然，因为这种特质也有了不同的命运。马鞍藤被看成是轻贱的花，顺着自然生长或凋落，绝没有人会采摘；马蹄兰则被看成是珍贵的被宝爱着，而它最大的用途是用在丧礼上，被看成是无常的象征。

人生，有时像马鞍藤与马蹄兰一样，会陷入两难之境，不过现代人的选择越来越少，很少人能选择马鞍藤的生活，只好做温室的马蹄兰。

十二岁的时候，第一次读《红楼梦》似懂非懂，读到林黛玉葬花的那一段，以及她的《葬花辞》，里面有这样几句：

尔今死去侬收葬，未卜侬身何日丧？
侬今葬花人笑痴，他年葬侬知是谁？
试看春残花渐落，便是红颜老死时。
一朝春尽红颜老，花落人亡两不知！

那是我第一次感受到落花也会令人忧伤，而人对落花也像待人一样，有深刻的情感。那时当然不知道林黛玉的自伤之情胜过于花朵的对待，但当时也起了一点疑情，觉得林黛玉未免小题大做，花落了就是落了，有什么值得那样感伤，少年的我正是"侬今葬花人笑痴"那个笑她的人。

　　我会感到葬花好笑是有背景的。那时候父亲为了增加家用，在田里种了一亩玫瑰，因为农会的人告诉他，一定有那么一天，一朵玫瑰的价钱可以抵上一斤米。可惜父亲一直没有赶上一朵玫瑰一斤米的好时机，二十几年前的台湾乡下，根本不会有人神经到去买玫瑰来插。父亲的玫瑰种得不错，却完全滞销，弄到最后懒得去采收了，一时也想不出改种什么，玫瑰田就荒置在那里。

　　我们时常跑到玫瑰田去玩，每天玫瑰花瓣黄的、红的、白的落了一地，用竹扫把一扫就是一簸箕。到后来，大家都把扫玫瑰田当成苦差事，扫好之后顺手倒入田边的旗尾溪，千红万紫的玫瑰花瓣霎时铺满河面，往下游流去，偶尔我也能感受到玫瑰飘逝的忧伤之美，却绝对不会痴到去葬花。

　　不只玫瑰是大片大片地落，在我们山上，春天到秋天，坡上都盛开着野百合、野姜花、月桃花、美人蕉，有时连相思树上都是一片白茫茫。风吹来了，花就不计数地纷飞起来。山上的孩子看见落花流水，想的都是节气的改变，有时候压根儿不会想到花，更别说为花伤情了。

　　我只有一次为花伤心的经验。那是有一年父亲种的竹子突然有十几丛开花了，竹子花真漂亮，细致的、金黄色的，像满天星那样怒放出来。父亲告诉我们，竹子一开花就是寿限到了，花朵盛放之后，就会干枯、死去；而且通常同一株育种的竹子会同时开花，母亲和孩子会同时结束生命。那时候，我在竹子枯死的那一阵子，总会无端地落下泪来，不过，在父亲插下新枝后，我的伤心也就一扫而空了。

　　多几次感受竹子开花的经验，就比较知道林黛玉不是神经，只是感受比常人敏锐罢了，也慢慢能感受到那种借物抒情、反观自己的情怀。

昨宵庭外悲歌发，知是花魂与鸟魂？

花魂鸟魂总难留，鸟自无言花自羞。

愿奴胁下生双翼，随花飞到天尽头。

天尽头，何处有香丘？

未若锦囊收艳骨，一抔净土掩风流，

质本洁来还洁去，强于污淖陷渠沟。

长大一点，我更知道了花草树木都与人有情感、有因缘，为花草树木伤春悲秋，欢喜或忧伤是极自然的事；能在欢喜或悲伤时，对环境有所体会观照，正是一种觉悟。

最近又重读了《红楼梦》，就体会到一朵花的兴谢与一个人的成功失败没有两样，人如果不能回到自我，做更高智慧之追求，使自己明净而了知自然的变迁，有一天也会像一朵花一样在无知中凋谢了。

同时，看一片花瓣的飘落，可以让我们更深地感知无常，正如贾宝玉在山坡上听见黛玉的《葬花词》"不觉恸倒山坡之上，怀里兜的落花撒了一地"。那是他想到黛玉的花容月貌终有无可寻觅之时，又推想到宝钗、香菱、袭人亦会有无可寻觅之时，当这些人都无可寻觅，自己又安在呢？自身既不知何在何往，将来斯处、斯园、斯花、斯柳，又不知当属谁姓！

看看这种无常感，怎么能不恸倒在山坡上？我觉得，整部《红楼梦》

就在表达"人生如梦"四字，这是一种无可奈何的无常，只是借黛玉葬花来说，使我们看到了无常的焦点。《红楼梦》还有一支曲子，我非常喜欢，说的正是无常：

> 为官的，家业凋零；富贵的，金银散尽；有恩的，死里逃生；无情的，分明报应。欠命的，命已还；欠泪的，泪已尽；冤冤相报实非轻，分离聚合皆前定。欲知命短问前生，老来富贵也真侥幸。看破的，遁入空门；痴迷的，枉送了性命。好一似食尽鸟投林，落了片白茫茫大地真干净。

从落花而知大地有情，这是体会；从葬花而知无常苦空，这是觉悟；从觉悟中知道万法了不可得，应该善自珍摄，不要空来人间一回，这就是最初步的菩提了。读《红楼梦》不也能使我们理解到青原唯信禅师说的过程吗？

三十年前未参禅时见山是山，见水是水。及至后来，亲见亲知，有个入处，见山不是山，见水不是水。而今得个休歇处，依前见山只是山，见水只是水。

相传从前有一个老僧，案头经常摆一部《红楼梦》，一位居士去拜见他，感到十分惊异，问他："和尚也喜欢这个？"

老僧从容地说："老僧凭此入道。"

这虽是传说，但也不无道理，能悟道的，黄花翠竹、吃饭睡觉、瓦罐瓶勺都会悟道，何况是《红楼梦》！

虽然《红楼梦》和"悟道"没有必然关系，但只要时时保有菩提之心，保有反观的觉性，就能看出在言情之外言志的那一部分，也可以看到隐在小儿女情意背后那广大的空间。

知悉了大地有情，觉悟了无常苦空，体会了山水的真实，保有了清明的菩提，我们如何继续前行呢？正是"一朝春尽红颜老"的那个"一朝"，是"万古长空，一朝风月"的"一朝"，是知道"放弃今日就没有来日，不惜今生就没有来生"！是"此身不向今生度，更待何生度此身"！是"当下即是"！是"人圆即成佛"！

那么，就在每一个"一朝"中保有菩提，心田常开智慧之花，否则，像竹子一样要等到临终才知道盛放，就来不及了。

佛手玉润

我们常去吃饭的天阳素食餐厅，有一道菜，名字是"佛手玉润"。

佛手玉润是佛手瓜炒素火腿，由于佛手瓜是透明的，炒出来真的像玉一样，吃起来有佛手瓜特有的香气，不论是视觉、嗅觉、味觉都有神清气爽之感。

我自幼就喜欢佛手瓜，喜欢看它那肥肥圆圆的样子，也喜欢闻佛手瓜，它的香气使人有出尘之思，当然，也喜欢吃。但是我们从前吃佛手瓜很少炒的，多是切丝煮清汤，或者是把它晒干了，切成一片一片的煮茶喝。夏天的时候喝佛手茶最好，清凉，微带苦味，加一点冰糖，在那个没有冰箱的时代，能喝到佛手茶，觉得炎炎夏日也有着清凉的依附了。

后来学了佛，更喜欢佛手，每次看见都会买一些回家，样子很美的就留下来观赏，看它自然地风干，愈干的佛手香气愈甚，到后来，坚硬如木，可以久藏，放久的佛手也不会失去它的香气。偶尔切几片来泡茶，冬天的时候热饮，夏日时冰镇，每次喝的时候神思飘逸，仿佛可以体会佛一手指天，一手指地说"天上天下，唯我独尊"那种非凡的气概。也仿佛看见了佛以金色臂指着大地说："心静，则国土净。"又好像看见佛在菩提树下，伸手指着大地："我所走过的路，大地都留下证据。"呀！那样的心情，没有喝过佛手茶的人怎么能品味呢？

那些样子不怎么美的佛手，就切成细丁，与姜丝一起熬汤，滋味也甚为鲜美。

在乡下，佛手是极为平凡的食物，市场里论斤出售；在城市，佛手奇货可居，水果店里一粒卖到一百多，而且还不是经常可以买到。几天前，在永春市场看到有老人卖佛手，一口气全买了，有朋友来访就赠送一粒，感觉到佛手真是无比珍贵的礼物。

自从学佛以后，加上感情因素，对于任何与佛有关的事物，都有说不出的亲切。就说现在正盛产的释迦好了，每天买几个熟透的释迦来吃，真是人间无比的享受。有一次，到台东去演讲，有一位住在太麻里的读者，坐了很久的车，只为了送给我一箱自己种的释迦，她说："我知道你一定会喜欢吃释迦的。"令我深受感动，那箱上好的释迦回台北一星期才吃完，每回吃的时候，就有很深的感恩的心，感恩这土地生长如此美味的水果，感恩这世界还有着纯良的人情。

有一天夜里，一位朋友来看我，送给我一包菩提叶茶，那茶是以菩提叶、菩提花、菩提子干燥而成，泡起来的色泽也像玉一样，滋味与色泽一样清纯温润，不知道是谁，竟可以想到用菩提叶来做茶？

朋友告诉我，那菩提叶茶是法国进口的，制造的动机不明，可能是由于健康的因素，因为在包装说明上，说菩提叶茶可以清肺、润喉、润胃，还可以安眠哩！

我开玩笑地对朋友说："法国人是很浪漫的，说不定是有一位法国人听到佛在菩提树下成道，大受感动，想到是佛成道的树，叶子一定很好喝的吧！再加上花果，就更好了。"

当然，这只是一种玄想，不过能想到把菩提叶拿来制茶，就是很纯美的动机了。在台湾也有许多菩提树，春天的时候换装，会长出鲜黄嫩绿的小叶子，说不定我们可以试试来做茶，以台湾制茶技术的高超，必然会比法国人做出更好的茶吧！

讲到喝茶，我也喜欢喝铁观音，这名字极适合沉思，最慈悲柔软的观音入茶的时刻竟成为"铁打"的，那是由于观音有极坚强的悲愿吧！喝铁观音时，我常想，但愿喝到这茶的人都能体会到观音菩萨的心。

我还喝过一种福建的茶，名曰"佛手乌龙"，但它不是用佛手瓜做的，用的是乌龙。为什么又叫"佛手乌龙"呢？原来是采茶时有特别的技术，使每一片茶叶头部平直，尾端则曲卷成团，看来就像一只佛手。泡过的茶叶还可以维持原来的形状，真的很像佛手，由于取了佛手乌龙的名字，喝的时候就感觉更值得品味了。

佛的心真是温润如玉的吧！即使佛的心是甚深极甚深，但在我们生活的四周，不也有许多事物给我们亲切极亲切的体会吗？

在人世许多小小的欢喜之中，我总是怀着无比感恩的心。

院子里的昙花突然开了，一共十八朵。

夜里，我打开院子里的灯，坐在幽暗的室内望向窗外，乳白色的昙花在灯下有一种难言的姿色，每一朵都是一幅春天的风景。

昙花是不能近看的，它适合远观。近看的昙花只是昙花，一种炫目的美丽。远观的昙花就不同了，它像是池里的睡莲在夜间醒来，一步一步走到人们的前庭后院，爬到昙花枝上，弯下腰，吐露出白色的芬芳。

第二天清晨，昙花全谢了，垂着低低的头。

我和妻子商量着，用什么方法吃那些凋谢的昙花。

我说，昙花炒猪肉是最鲜美的一道菜，是我小时候常吃的。妻子说，昙花属于涅槃科，是吃斋的，不能与猪肉同炒，应该熬冰糖，可以生津止咳，可以叫人宠辱皆忘。

后来我们把昙花熬了冰糖，在春天的夜里喝昙花茶特别有一种清香的滋味，喝进喉里，它的香气仿佛是来自天的远方，比起阳明山白云山庄的兰花茶毫不逊色——如果兰花是王者之香，昙花就是禅者之香，充满了遥远、幽渺、神秘的气味。

果然，妻子说，昙花的另一个名字叫"忘情花"，忘情就是"寂焉不动情，若遗忘之者"，也就是《晋书》中说的"圣人忘情"。

在缤纷灿烂的花世界里，"忘情花"不知是哪一位高人命名的，但他为昙花的一生下了一个批注。昙花好像是一个隐者，举世滔滔中，昙花固守了自己的情，将一生的精华在一夜间吐放。它美得那么鲜明、那么短暂。因为鲜明，所以动人；因为短暂，才教人难忘。当它死了之后，我们喝着用它煎熬成的昙花茶，对昙花，它是忘情了，对我们，却把昙花遗忘的情喝进腹中，在腹中慢慢地酝酿。

喝昙花茶使我想起童年时代吃昙花的几种滋味。

小时候，家后院种了一片昙花，因为妈妈是爱看昙花的，而爸爸却是爱吃昙花的。据爸爸说，最好吃的昙花是在它盛开的时候，又香又脆。可是妈妈不许，她不准任何人在昙花盛放时吃昙花。因此，春天昙花开成一片白的时候，我们也只好在旁边坐守，看它仰起的头垂下才敢吃它。

爸爸吃昙花有好几种方法。

第一种方法是"昙花炒猪肉"，就是把切成细丝的昙花和肉丝丢进锅中，烈火一炒，就是一道令人垂涎的好菜。在这一道菜里，昙花的滋味像是雨后笋园中冒出来的香蕈，华润、清淡，入口即不能忘。

第二种方法是"昙花炖鸡"，将整朵的昙花一一洗净，和鸡块同炖，

放一点姜丝。这一道菜中，昙花的滋味有一点像香菇，汤是清的，捞起来的
昙花还像活的一般。

第三种方法是"炸昙花饼"，把糖、面粉和鸡蛋打匀，把昙花粘满，
放到油锅中炸成金黄色即可食。这一道菜中，昙花香脆达于极致，任何饼都
无法比拟。

童年时在爸爸的调教下，我们每个兄弟几乎都成了"食花的怪客"。
我们吃过的还不只是昙花，我们也吃过朱槿花、栀子花、银莲花、红睡莲、
野姜花，以及百合花，我们还吃过寒芒花的嫩芽、鸡冠花的叶子、满天星的
茎，以及水笔仔的幼根，每种花都有不同的滋味。那时候年纪小，不知道
"怜香惜玉"这一套，如今想起那些花魂，心中总是有一种罪过的感觉。

然而，食花真是有罪的吗？食了昙花真能忘情吗？

有一次读《本草纲目》，知道古人也食花，古人也食草。《本草纲
目》中谈到萱草时，引了李九华的《延寿书》说：

嫩苗为蔬，食之动风，令人昏然如醉，因名忘忧。

如果萱草的"忘忧草"的名是因之而起，我倒愿为昙花是"忘情花"
下一批注：

美花为蔬，食之忘情，令人淡然超脱，因名忘情。

　　"忘情花"的滋味是宜于联想的。

　　在我们的情感世界里，"忘情"几乎是不可能的境界，因为有爱就有纠结，有情就有牵缠。如何在纠结与牵缠中拔出身来，走向空旷不凡的天地？那就要像忘情花一样，在短暂的时间里开得美丽，等凋萎了以后，把那些纠结与牵缠的情经过煎、炒、煮、炸的锻炼，然后一口一口吞入腹里，并将它埋到心底最深处，等到另一个开放的时刻。

　　每个人的情感都是有盛衰的，就像昙花，即使忘情，也有兴谢。我们不是圣人，不能忘情，再好的歌者也有恍惚而失曲的时候，再好的舞者也有乱节而忘形的时刻。我们是小小的凡人，不能有"爱到忘情近佛心"的境界，但是我们可以"藏情"，把完成过、失败过的情爱像一幅卷轴一样卷起来，放在心灵的角落里，让它沉潜，让它褪色。在岁月的足迹走过后打开来，看自己在卷轴空白处的落款，以及还鲜明如昔的刻印。

　　我们落过款、烙过印，我们惜过玉、怜过香，这就够了。忘情又如何？无情又如何？

墨趣

在日本，朋友带我去参观一个书道教室。他们正在办展览，教室的四周挂满了书法，是用汉字写的，每一幅书法的尺寸都一样，长三尺，宽一尺半。更有趣的是，所有展出的书法都只有两个字，就是"墨趣"。但字体的差异极大，有大有小，有竖有横，而且正、隶、行、草，无所不包。

那些书法的字体虽无所不包，而且我也知道全是学生的作品，但从字面上看来，我却仿佛看到每一幅字都是用尽全力似的。我们中国人形容书法之美，常用"力透纸背""铁画银钩""龙飞凤舞"，这些毛笔字全合于这几个形容词，可以看出都是练书法有一段时间之后的作品。

主持的人向我们介绍，这一次的展览全是同一次上课的成果。他们规定学生在一小时中只写"墨趣"两个字，除了纸张的尺寸之外，其余的完全自由，但是每个人只有一张纸，写坏了不准涂改，人人只有一次机会。

为什么做这样的规定呢？

主持人说："那是为了让学生了解思考和专注对于写字的重要。一小时写十个字是容易的，但一小时只写两个字就难了。通常学生会坐在纸前思考很久，落笔时就非常专心，往往能写出比平常时候境界更好的作品。"

事前并未对学生说明要展览的事，事后把所有的作品展出来，学生便可以互相观摩，看看写同样的两个字，别人用什么态度和心情来写，并且可以从字的安排看见字体与空间的关联性。

"空间是非常重要的，一个人在写字时了解到空间之美，在生活上就很容易从各层次了解到空间的美了。"主持人对我们说。

当我知道在这个书道教室中学书法的学生大部分是中年人时，我更感到吃惊。他们利用空闲时间来练书法，不只是要把字练好而已，而且确信书道有静心的作用。所以，一般日本的书道教室不仅教写字，也教静心。每次把文房工具铺在矮桌子上，学生先对着白纸静心一段时间，才开始写字。

"心静则字好。"那位白发苍苍的书道教室主人严肃地说，经过翻译，听起来就像格言一样。

据老先生说，他们也时常做别种形式的教学。例如让学生不经过静心就开始练字，使学生了解静心对于书道的重要，或者让学生在一小时里写一百字，用以和一小时写两字作比较，使学生了解专注思考的重要性。

"一直到学生体会到'静心'与'专注'的重要时，他才可以正确地了解到'空'并不是一无所有，我们写的是'书'，而介于字与字间的空才是'道'。"

从书道教室出来，我的心中颇有感怀。书法原是中国的产物，可是在我国正逐渐没落，甚至连小学的书法课都取消了，在日本竟然还如此兴盛，那是由于日本人把普通的写毛笔字和"道"相结合，并使其有了一个深远的思想与艺术的内涵。

我想到多年以前，与画家欧豪年一起到东京去。欧先生由于写得一手好字，大受日本人崇敬，许多人为了请他在书上题字，甚至排队买他定价上万元的画册。

欧豪年先生告诉我，多年来，他写字、画画的工具全是购自东京银座的"鸠居堂"，不用台湾生产的纸笔墨砚，因为我们在纸、笔、墨的制造上实在远逊于日本。我曾与欧先生同赴鸠居堂，那是一幢专卖书画用具的大楼，有选自世界各地的笔、墨、纸、砚，看得人眼花缭乱。我感叹，日本在短短数十年间，成为世界经济与文化的大国，不是没有原因的。

在全世界地价最昂贵的银座，有专卖笔墨的百货公司，也可见书道之盛。

日本禅学大师铃木大拙曾指出：所有的日本艺术和日本文化最显著的特色，全是来自禅道的基本认识，而且禅道所把握的从内而外展现生命与艺术的能力，正是东方人气质中最特殊的东西。

我十分羡慕日本人在接到中国禅宗的棒子之后，把禅无所不在地融入生活与艺术之中。像建筑、园艺、戏剧、绘画、书法，乃至诗歌、饮茶、武艺等，到处都是禅的影子，我们甚至可以说日本的美学就是"禅的美学"。

在生活里也是一样，日本人似乎不论贫富，都十分注重生活与空间的细节，即使在深山的民居，也都是一丝不苟、纤尘不染，颇有禅宗那种纯粹的、孤寂的味道。

我想可以这样说，日本禅虽传自中国，主体是中国禅的承袭，但他们在"用"的方面做得淋漓尽致，这一点，实在是令人自叹弗如的。

从日本回来后，我每次面对棉纸的时候，就会想，"一小时写两个字"和"一小时写一百个字"是大有不同的，这就好像是人生的过程，散步与快跑也是大有不同的，不过，舒缓一些、专注一些、轻松一些，总是对人的身心比较有益。

我认为，"静心"与"思考"不只对于书道有用，人也应该使"静心"与"思考"成为本分，成为生活的一部分。接待每一刻的时间就好像接待每一位远来的贵宾，要静定心神、清除杂念，把最好、最纯净、最优美的心情拿出来款待名叫"时间"的这位贵宾，因为它和我们相会只是一刹那，它立刻就要远行，并且永远不会回来接受第二次款待了。

若写字，有这种好心情、庆祝的心情、迎接贵宾的心情，那么每一个字都会有"道"的展现，每一个字都有人格的芳香。

一个字，就足以显示个人生命与万有空间的庄严。

一朵花，就足以显示整个春天的美丽。

一角日光，就足以显示宇宙的温暖与辉煌。

一片落叶，就足以显示秋天飞舞着的萧瑟。

一瓣白雪，就足以显示冬季的一切信息呀！

大地原是纸砚，因缘的变迁则是笔墨，就在我们行住坐卧的地方，便有墨趣。宇宙万有的墨趣，正是禅的表现；寻常生活的墨趣，则是禅的象征。

　　每一个静心的地方、思维的地方、专注的地方、观照的地方，禅意正在彼处。

　　人人关于生命的纸都一样，长三尺，宽一尺半，只有一张纸，只有一次机会，写坏了不准涂改，所以我们应该坐下来想一想，再来着墨呀！